Jaspers Giftbude

Ein Fall für Emely Petersen – **Band 6**
Von Ele Wolff

Impressum

Ele Wolff/ Birgit Baasner
Okko ten Broekstraße 37
26789 Leer/Ostfriesland

Lektorat/Korrektorat: Ela Marwich von Textcheck Agency

Covergestaltung:
k-e-coverdesign@gmx.de

Bildquellen: Pixabay

Alle Personen und Geschehnisse in diesem Buch sind ein reines Hirngespinst meinerseits. Etwaige Ähnlichkeiten mit realen Personen sind nicht beabsichtigt oder gewollt. Alles ist fiktiv, außer dem ostfriesischen platten Land mit seinen Besonderheiten, das gibt es wirklich.

Jaspers Giftbude

Ein Fall für Emely Petersen – **Band 4**

Ele Wolff

Ostfrieslandkrimi

1

Es war doch immer das Gleiche. Schon fünf Minuten, nachdem ich mich durch meine Morgengymnastik gequält hatte, verfluchte ich zum wiederholten Male den Besuch bei meiner Hausärztin, die mir mit sauertöpfischer Miene klargemacht hatte, dass ich etwas für meine Gesundheit tun musste. Dabei hatte sie ihren Blick über meinen wohlgerundeten Körper gleiten lassen.

Mein Name ist Emely Petersen und ich bin der Prototyp eines Durchschnittsmenschen. Zahnplomben, Gewichtsprobleme, der Hang zu einer gewissen Bequemlichkeit, alles Mittelwert und alltagstauglich – außer es handelte sich um etwas Mörderisches. Denn meine Neugier ist herausragend, sozusagen einzigartig.

»Frau Petersen, Sie sind Mitte fünfzig und müssen auf Ihr Gewicht achten.« Die Ärztin machte eine bedeutsame Pause. »Ich weiß ja, dass Sie an der Quelle der Verführung sitzen, aber das darf Sie nicht dazu verleiten, sich ungehemmt und über die Maßen an den süßen und kalorienreichen Dingen zu bedienen.«

Mit der Quelle der Verführung meinte sie mein Café

Kluntje an der ostfriesischen Nordseeküste in dem idyllischen Örtchen Neuharlingersiel. Hier lebte ich mit meinen beiden Kindern Wilko und Annalotta. Mit der tatkräftigen Unterstützung unserer weltbesten Kuchenbäckerin Selma und der jungen Leevke im Service lief das Café sehr gut.

Die Gymnastik ließ mich an meine Grenzen stoßen. Morgen mache ich weiter, entschied ich und sortierte meine Gliedmaßen. Anschließend hüpfte ich unter die Dusche. In der Küche, mein Sohn Wilko hatte bereits die Kaffeemaschine in Gang gesetzt, warf ich einen kurzen Blick in die *Ostfriesen Zeitung*.

»Die Fremdenverkehrsabgabe wird jetzt ab 1. Juni erhöht«, empörte ich mich, »wo soll das alles noch hinführen?«

Wilko brummte nur etwas Undeutliches und starrte weiter auf sein Smartphone.

Schnell überflog ich die Todesanzeigen und mein Horoskop, welches mir eine wundervolle Begegnung an diesem Tag vorhersagte.

Unsere weltbeste Kuchenbäckerin Selma war gerade dabei, einen Klumpen Mürbeteig mit einem heftigen Schlag auf das Holzbrett zu werfen, als ich die Küche des Cafés betrat.

»Moin Emely, ich sach ja …« Mit der Faust schlug sie noch einmal abschließend auf den Teighaufen, wischte sich die Hände an ihrer Schürze ab und zog ihren Büstenhalterträger hoch, der ihr über die Schulter gerutscht war. »Ich sach ja …«, wiederholte sie, »wie bekloppt die Menschheit doch ist. Da pumpen die Weiber ihren Vorbau auf«, sie tatschte mit beiden Händen auf ihre enorme Oberweite, »und ich wäre froh, wenn ich die Sparversion da vorne hätte.«

Ich musste lachen. Auch ich war an einigen Stellen meines Körpers sehr komfortabel ausgestattet. »Mach dir nix draus, das ist eine natürliche Faltenglättung.«

»Sehr tröstlich«, murmelte sie und quetschte den Teig in die Ecken einer Backform. »Was ich noch sagen wollte, Leevke hat erzählt, dass gestern Nachmittag ein paar Amerikaner hier im Café waren.«

»Stimmt, ich habe kaum was verstanden. Die quetschen die Buchstaben irgendwie durch die Zähne. Hört sich fremd an.«

»Kenn ich«, nickte Selma. »Fridjof sagt immer, die ziehen erst ihren Kaugummi durch den Rachen, ehe sie die Worte ausspucken.«

»Aber einer war dabei, der sprach akzentfrei Deutsch.«

»Und wo kommen die her?«, überlegte Selma. »Was wollen die denn hier an der Nordsee?«

»Gestern Abend habe ich noch Roswitha getroffen. Du kennst sie bestimmt. Sie arbeitet als Hausdame im Hotel Deichhuske.«

»Meinst du die Spindeldürre, die dich hin und wieder hier besucht?«

»Ja, genau die«, bestätigte ich. Roswitha arbeitete als Hausdame im Hotel Deichhuske und war so hager, dass man im Winter, wenn die heftigen Seestürme wüteten, Angst haben musste, sie würde wie ein Blatt über den Deich geweht werden. »Ja, sie hat mir erzählt«, fuhr ich fort, »dass im Hotel eine Gruppe Amerikaner abgestiegen sind. Für eine Tagung oder so.«

»Aha, deshalb«, nuschelte die Kuchenbäckerin und ließ aus einer Plastikschüssel Quarkmasse auf den Teigboden gleiten. Liebevoll strich sie den Brei mit einem Löffel glatt. »Die Amis essen doch gerne so viereckige Dinger. Wie heißen die denn noch gleich?«

»Meinst du Brownies?«

»Ja genau. Meinst du, ich sollte mir ein Rezept besorgen? Die kommen doch bestimmt wieder, oder?«

Da brauchte ich nicht lange zu überlegen. »Auf alle Fälle. Und auch wenn die Amerikaner nicht wiederkommen, unsere anderen Gäste mögen die sicher auch.«

Die Küchentür wurde aufgerissen und meine Schwiegermutter Netti stand mit hochrotem Kopf in der geöffneten Tür.

»Wilma ist tot.«

Erschrocken sahen Selma und ich die aufgeregte Frau an. »Wilma? Welche Wilma?«, stammelte ich schließlich.

»Echt jetzt Emely, du kennst doch Jaspers Schwester?« Netti knallte die Tür hinter sich zu und ließ sich auf einen der Küchenstühle fallen. »Mein

Gott, ich bin total fertig.«

»Meinst du den Jasper von der Giftbude?«

»Ja, genau der«, nickte Netti. »Wilma ist … war seine Schwester. Hab ich ja gerade gesagt.«

»Ist das die Wilma mit den vielen Perücken?«

»Ja, und jetzt ist sie tot.« Sie räusperte sich. »Aber da stimmt was nicht.«

Sofort war ich alarmiert. »Wieso?«

»Ich habe gesehen, dass Harm und Sigi ins Haus von Wilma und Gernot gegangen sind. Und ein Notarztwagen stand vor der Tür.«

Wenn unsere beiden Ordnungshüter anlässlich eines Todesfalls das Trauerhaus aufsuchten, war was im Busch.

»Hoffentlich erfahren wir bald mehr, aber es gibt ja wissbegierige Leute, die dafür schon sorgen werden.« Sie sah mich vielsagend an, da sie ahnte, dass ich mich stehenden Fußes dieser Angelegenheit annehmen würde.

Netti ließ sich von Selma ein dickes Stück Schokoladenkuchen geben. Aha, es war mal wieder so weit. Sie und ihr Göttergatte Horst hatten Streit und Netti wollte ihn, wie immer, mit einer süßen Köstlichkeit milde stimmen.

Meine Kribbeligkeit konnte ich nur schlecht verbergen. Trotzdem ging ich mit Selma, nachdem Netti gegangen war, noch die Bestellungen durch und machte mich dann aber sofort auf den Weg zum Haus der Verstorbenen.

Wilma und Gernot Dirksen wohnten nur zwei Straßen weiter. Vor dem Haus standen einige Nachbarn um das Polizeiauto. Ich schlängelte mich um den Menschenknäuel herum und schlich ins Haus. Im rückwärtigen Wohnzimmer hörte ich Stimmen. Harm, einer der beiden Ortspolizisten, beugte sich gerade über Wilma, die mit zur Seite geneigtem Kopf in ihrem Fernsehsessel lag.

»Moin«, flüsterte ich, worauf mich Harms Kollege Sigi mit einem giftigen Blick musterte. »Du kannst doch nicht einfach hier reinkommen«, zischte er und strich sich über seine korrekte Föhnfrisur.

»Was ist denn passiert?« Ich trat neben Harm, der immer noch das Gesicht der toten Frau musterte.

»Ruf mal die Kollegen aus Wittmund an«, bat Harm Sigi, »die sollen sich das mal angucken.«

Die Verblichene lag da, als ob sie schliefe. Der Ehemann Gernot stand am Fenster und putzte sich ausführlich die Nase. »Ich muss Jasper anrufen«, murmelte er und ging hinaus in den Flur.

»Emely, du musst hier verschwinden«, meinte Harm. »Ich bekomme den größten Ärger, wenn ich Unbefugten an einem möglichen Tatort Zutritt gewähre.«

Das war mein Stichwort. »Wieso Tatort? Was ist denn passiert?«

Sigi steckte sein Telefon wieder in die Tasche. »Die Kollegen kommen gleich.« Auffordernd sah er mich an und machte eine stumme Kopfbewegung Richtung Tür.

»Meinst du, dass hier ein Verbrechen vorliegt?«, wandte ich mich an Harm und ignorierte Sigis stumme Aufforderung.

Harm zuckte mit den Schultern. »Keine Ahnung, aber das ist hier alles ziemlich unklar. Gernot sagte, dass Wilma nie krank war.«

Mein Blick fiel auf eine Insulinspritze, die eher aussah wie ein kleiner Füllfederhalter. Sie lag neben Wilma in einem Holzschälchen auf dem Regal. »Sie war bestimmt Diabetikerin.« Ich zeigte auf das kleine Gerät, mit dem sich Diabetiker täglich die erforderliche Insulindosis per Knopfdruck verabreichen konnten. Hatte sich Wilma vielleicht zu viel davon gespritzt?

Im Flur wurde es unruhig. »Die Kollegen sind da«, verkündete Sigi.

»Und du gehst am besten hinten heraus«, befahl mir Harm. »Ich kann weiß Gott keinen Ärger gebrauchen.«

Ich warf noch einen kurzen Blick auf das bleiche Gesicht der Toten. Ihre dunkelblonde Perücke war verrutscht und bedeckte fast ihr gesamtes linkes Auge. War es möglich, dass mein morgendliches Horoskop Wilmas Leiche mit der *wundervollen Begegnung* an diesem Tag gemeint hatte?

Gezwungenermaßen verließ ich das Haus von Wilma und Gernot Dirksen durch die Hintertür.

2

»Jetzt setz dich mal an deinen Schreibtisch«, befahl mir Netti am nächsten Morgen, »und dann erzählst du mir, was du gestern bei Wilma im Haus beobachtet hast.« Sie setzte sich mir gegenüber und wartete mit unverhohlener Neugier auf meinen Bericht.

Schwanette Sundermann war dic Mutter meines verstorbenen Mannes Gero. Sie war es auch, die mich maßgeblich darin bestärkt hatte, das Café Kluntje zu eröffnen. Meine Einrichtungsidee, mit Dachbodenfunden und Artikeln vom Trödel die Innenausstattung des Gastraums zu gestalten, hatte sie zuerst mit Argwohn beäugt, aber nach und nach hatte sie sich mit dem *ollen Kram*, wie sie immer sagte, anfreunden können.

»Da muss ich dich enttäuschen«, musste ich gestehen, »Harm hat mich gleich wieder weggeschickt und somit habe ich keine Ahnung, was da vor sich gegangen ist.«

»Dann wird es Zeit, dass du Bertus anrufst.«

»Genau das hatte ich vor«, sagte ich und griff zum Telefon.

Bertus Freese war ein Freund des Hauses, Kommissar im Ruhestand und gelernter Konditor. Er half uns oft mit seinen Backkünsten in Selmas Küche aus und, was mich noch mehr erfreute, verschaffte mir bei gelegentlichen mörderischen Ereignissen einige Informationen von seinen ehemaligen Kollegen der Wittmunder Polizei.

Er meldete sich sofort. »Emely?«

»Ja, ich bin es.«

»Ich habe schon mit deinem Anruf gerechnet.« Ich hörte an seiner Stimme, wie er grinste.

»Und, weißt du was?«

»Nein, nichts Genaues, ich habe heute Morgen Kurt angerufen. Er bearbeitet den Fall. Aber er hat noch keine Ergebnisse.«

Ich war enttäuscht, denn Geduld war so gar nicht mein Ding. »Rufst du mich sofort an, wenn du Neuigkeiten hast?«

»Selbstredend«, versprach mir Bertus.

»Du guckst ja richtig missmutig«, bemerkte Netti, als ich aufgelegt hatte.

»Heute Abend weiß ich mehr.« Der Stapel Papiere auf meinem Schreibtisch, den ich noch abarbeiten musste, hob meine schlechte Laune keineswegs.

Am Nachmittag tagten die Teeschwestern, die sich mehrmals die Woche im Café Kluntje einfanden. Das waren Netti mit ihren drei Freundinnen. Das Quartett genoss dann Torte und Tee, verschönerte sich den

Nachmittag mit etlichen Likörchen und tratschte, was das Zeug hergab. Jegliche eheliche Fehltritte, Neuigkeiten und alle Heimlichkeiten in Neuharlingersiel wurden besprochen und bewertet, denn nichts blieb den Damen verborgen.

An diesem Nachmittag war natürlich das Ableben von Wilma Dirksen das Thema des Tages.

Nachdem ich den Damen ihre bestellten Getränke und Kuchen gebracht hatte, setzte ich mich zu ihnen. Genau hier fand ich stets eine unerschöpfliche Quelle an Informationen und ich war bereit, alles in mich aufzusaugen, was ich erhaschen konnte.

»Ich kenne ja Wilma von früher«, meinte Hedwig, die ewig Kränkelndc. »Die war schon immer irgendwie besonders.«

»Wieso war die besonders?«, fragte die bodenständige Tabea nach.

»Die hatte immer so Anwandlungen«, erzählte Hedwig weiter. »Eine Zeitlang hat sie nur schwarzweiße Klamotten getragen, dann wiederum nur geblümt. Sie wollte sich immer wieder neu erfinden.«

»Deswegen auch das Ding mit den Perücken«, vermutete die stets aufwändig gestylte Franziska. »Ich habe mich früher oft darüber gewundert, dass sie sich alle paar Wochen die Haare umfärben ließ. Dann hat mir meine Friseurin verraten, dass das alles Perücken waren.«

»Warum hat sie so viele verschiedene Perücken gehabt?«, wunderte ich mich.

»Das war so«, begann Hedwig und beugte sich etwas nach vorne. »Wilma war ja nie besonders eitel, aber als ihre Haare grau wurden, hat sie die erst gefärbt, aber von dem Farbzeugs hat sie Pickel bekommen. Dann kam sie auf die Idee mit den Perücken. Jedenfalls hat sie Spaß daran gefunden und sich die Dinger in allen möglichen Varianten gegönnt.«

»Ja, das ist auch eine Form von Selbstverwirklichung«, ergänzte Netti.

Die Geschichte mit den Perücken war ja interessant, überlegte ich, aber hatte sicherlich nichts mit dem Tod der Frau zu tun.

»Wie viele Geschwister hatte Wilma Dirksen?«, wollte ich wissen. »Ich kenne nur Jasper.«

Hedwig schien die Bestinformierte der Damen zu sein. »Also, Wilma hat noch einen Bruder und eine Schwester. Jasper van Gerpen, den kennt ihr ja … er hat im Elternhaus der Geschwister seine Kneipe und bewirtet da schon seit Jahren seine Gäste.«

»Und wieso heißt die Kneipe eigentlich Giftbude?«, wollte ich wissen. Nach meiner Erinnerung war ich noch nie dort gewesen.

Franziska spitzte die Lippen. »Ich weiß von meinem Exmann, dass das Wort *Gift* aus dem Englischen kommt. Das heißt so viel wie Geschenk oder Gabe. Und Bude ist eben eine olle Bude.« Sie hob schaudernd die Schultern. »Ich war mal drin, düster und so olle Holzbänke. Nee, nix für mich.«

»Du magst doch lieber alles in Hochglanz«, stichelte Netti, die Franziska genau kannte, bei der alles modern und schillernd sein musste.

Hedwig räusperte sich demonstrativ, sah uns streng an und fuhr mit ihrem Vortrag fort. »Gudrun, die Schwester von Jasper und Wilma, ist schon in ganz jungen Jahren nach Amerika ausgewandert und hat da drüben geheiratet. Die ist aber schon lange tot.«

Leevke kam an den Tisch. »Kann ich euch noch was bringen?«

Franziska orderte eine Runde Sanddornlikör und wandte sich dann wieder unserem Thema zu. »Ich wusste gar nicht, dass es da noch eine Schwester gab.«

»Davon hatte ich auch keine Ahnung«, bestätigte Tabea.

»Und ich hatte es vergessen«, ergänzte Netti. »Gudrun war sogar in meiner Klasse. Und …« Sie runzelte die Stirn und sah ins Leere.

»Netti?«, raunte ich und stieß sie leicht an. »Alles gut?«

Netti nickte. »Klar, alles gut, mir ist nur wieder etwas eingefallen.«

Gespannt starrten wir auf Nettis Mund. »Und …?« Franziska klopfte ungeduldig auf den Tisch. »Erzähl schon.«

»Ich kann mich erinnern, dass in meiner Kindheit alle davon geredet haben, dass der Vater von Gudrun, Wilma und Jasper als junger Mann in Südafrika in einer Diamantenmine gearbeitet hat.«

»Das ist ja mal eine tolle Sensation«, maulte Franziska und ordnete mit spitzen Fingern ihre kastanienbraunen gefärbten Haare.

»Warte doch mal«, zischte Netti, »er soll angeblich eine größere Menge Diamanten mitgebracht und irgendwo versteckt haben, weil er sie später in Amsterdam verkaufen wollte.«

Tabea nickte. »Meine Mutter hat auch mal davon gesprochen.«

»Und wo sind die Diamanten jetzt?«, wollte Franziska wissen.

Netti zuckte mit den Schultern. »Ich weiß, dass die Familie nach dem Tod des Vaters lange danach gesucht hat, aber nicht fündig geworden ist. Sie haben das ganze alte Haus auseinandergenommen, alle Winkel durchsucht, aber ohne Ergebnis. Es gab damals viel Streit. Man hielt es schließlich für ein Märchen und hat das sicherlich nicht weiterverfolgt. Ich erinnere mich ja auch nur wieder daran, weil Wilma jetzt tot ist.«

»Es wäre ja wirklich eine Schande, wenn die Diamanten irgendwo vergammeln würden«, bedauerte Franziska und betrachtete ihren Perlenring. »Was könnte man für schöne Schmuckstücke daraus machen.«

Die Damen erörterten noch den Stellenwert von echtem Schmuck und diskutierten heftig, ob Broschen überhaupt noch dem aktuellen Modegeschmack entsprachen.

Ich verzog mich wieder in mein Büro, wo ich ungeduldig auf Bertus' Anruf wartete. Um mir die Wartezeit mit etwas Sinnvollem zu überbrücken, zog ich sämtliche Dokumente, die mein Steuerberater benötigte, auf einen USB-Stick und verstaute ihn anschließend in meinem Rucksack, um ihn möglichst zeitnah in der Steuerkanzlei abzugeben. Zufrieden lehnte ich mich zurück und las in einer Fachzeitschrift. Da sich immer noch nichts tat, ging ich nach oben, buk eine Schokoladentorte für meine Kinder und cremte meine Füße mit Fichtennadelsalbe ein.

Gegen zwanzig Uhr erhielt ich eine Textnachricht von Bertus, dass er erst morgen früh Informationen für mich hätte. Frustriert vertilgte ich eine Tafel Nussschokolade, sah mir einen schmalzigen Heimatfilm an und ging schließlich ins Bett.

3

»Also … «, nuschelte Bertus. »Moment, wo habe ich denn … Ach hier. Also, Wilma Dirksen ist vorgestern Abend verstorben. Und zwar an einer Überdosis Insulin. Der Ehemann hat sie am Morgen, also gestern so gegen sieben Uhr in ihrem Fernsehsessel vorgefunden und sofort den Notarzt verständigt.«

Ich erinnerte mich an den Insulinpen, der auf dem Regal gelegen hatte. Eine Bekannte von Netti benutzte ebenfalls dieses Gerät, deshalb kannte ich sowas. Hatte sich Wilma absichtlich zu viel von dem blutzuckersenkenden Medikament gespritzt oder hatte jemand die Einstellung geändert und die Dosis erhöht? »Vielleicht war es Selbstmord?«

»Das glauben die Ermittler nicht. Die Tote brauchte täglich nur sehr wenig Insulin, aber die Einstellung an der Spritze oder Pen war auf die höchste Stufe eingestellt.«

»Also hat das jemand mit Absicht gemacht«, überlegte ich, »aber trotzdem kann das Wilma Dirksen selbst getan haben.«

»Da hast du recht, möglich wäre das«, bestätigte der ehemalige Kommissar, »aber der Ehemann hat ausgesagt, dass seine Frau niemals die Dosierung geändert hat, weil sie die kleinen Zahlen gar nicht lesen konnte. Immer wenn die Dosis sich geändert hat, musste das die Sprechstundenhilfe ihres Hausarztes einstellen.«

»Also fällt Selbstmord aus«, murmelte ich, »aber dann war es ja Mord?«

»So ist es und es gibt eine Menge Menschen, die die Gelegenheit dazu gehabt hätten«, führte Bertus weiter aus.

»Aber Wilma und Gernot Dirksen leben doch alleine in ihrem Haus, oder?«

»Stimmt, aber Wilma Dirksen hatte am Tag vor ihrem Tod Geburtstag. Die gesamte Familie, Freunde und Bekannten waren an diesem Nachmittag anwesend und alle hatten Gelegenheit, die Dosierung auf dem Insulinpen zu verändern.«

»Gibt es da so eine Art Gästeliste?«, fragte ich hoffnungsvoll nach.

»Nicht dass ich wüsste«, meinte Bertus, »du weißt ja, wie das bei Familienfeiern ist. Alle kommen, essen Kuchen, tauschen den neuesten Klatsch aus und gehen meist etwas alkoholisiert nach Hause. Niemand weiß nachher wirklich, wer sich die Ehre gegeben hat.«

»Ich bekomme schon raus, wer alles bei der Feier anwesend war«, verkündete ich ein wenig trotzig. Ich nahm Bertus noch das Versprechen ab, mich sofort zu informieren, wenn es weitere Erkenntnisse in diesem Fall geben würde und legte auf.

Gerade hatte ich mich zurückgelehnt, die Arme verschränkt und angefangen, alle Details, die ich kannte, in meinem Kopf zu ordnen, rief Roswitha an.

»Du weißt schon Bescheid? Ich wollte dich eigentlich gestern schon anrufen, aber diese Hektik.«

»Meinst du die Amerikaner, die bei euch wohnen? Netti hat mir davon erzählt.«

»Nein, das nicht. Ich meine Wilma. Du weißt doch, dass sie tot ist, oder?« Sie lachte bitter auf. »Wie kann das in so einem Ort auch geheim bleiben.«

»Ja, weiß ich. Bertus hat mir gerade Einzelheiten erzählt. Kanntest du Wilma näher?«

»Klar doch, wir sind weitläufig verwandt. Ich glaube, wir haben gemeinsame Großeltern … oder waren es Urgroßeltern? Irgend sowas.«

Hoffnung keimte in mir auf. »Warst du eventuell auf der Geburtstagsfeier von Wilma?«

»Ja, war ich. Das Haus ist bald geplatzt vor lauter Menschen. Es war ja Wilmas siebzigster. Deshalb hatte sie alle eingeladen. Sogar einer der Amerikaner, die hier im Hotel wohnen, war dabei.«

Jetzt verstand ich nichts mehr. »Was haben denn die Amerikaner bei Wilmas Feier gemacht?«

»Es war nur einer und der ist der Neffe von Wilma und Jasper. Moment …«

Roswitha sprach mit jemandem im Hintergrund. »Emely, ich muss weitermachen«, informierte sie mich. »Wenn du willst, komme ich heute Abend bei dir vorbei und erzähle dir alles.«

Das hieß wieder warten, was mir so ganz und gar nicht behagte.

Am frühen Nachmittag schneiten Harm und Sigi herein, um wie immer einen Kaffee bei uns zu trinken.

»Ich hatte gestern schon auf euch gewartet«, murrte ich, obwohl ich wusste, dass sich die beiden Ortspolizisten sehr oft bedeckt hielten, wenn es um Berufliches ging. Die beiden Kaffeetassen stellte ich vor die Herren hin und setzte mich unaufgefordert zu ihnen. Harm versenkte prompt sechs Stück Würfelzucker in seinem Kaffee, worauf Sigi überkorrekt missbilligend die Augenbrauen hochzog.

»Du weißt, was passiert, wenn man zuckerkrank ist«, dozierte er und deutete auf die Zuckerdose. »Tägliche Spritzen, schwarze Füße und wer weiß was sonst noch alles.«

»Quatsch«, entgegnete Harm und schlürfte das belebende Getränk. »Ohne Zucker ist mir der Kram zu bitter.«

»Was hört man denn von dem Fall Wilma Dirksen?«, grätschte ich einfach dazwischen. »Ich weiß Sigi, keine Interna, aber so einfach allgemein.«

Harm schob seine Tasse von sich und sah zur Kuchentheke. »So ein Stück Ostfriesentorte wäre ja jetzt nicht das Verkehrteste.«

»Bringe ich dir gleich, aber erst sag mal, was los ist.« Auffordernd sah ich ihn an.

»Na gut«, brummte er, »morgen steht es ja sowieso in der Ostfriesen Zeitung. Also, es war so … Wilma ist in der Nacht verstorben. Sie wäre hundemüde gewesen, erzählte ihr Mann. Anlässlich der Geburtstagsfeier gab es erbitterten Streit unter einigen Familienmitgliedern. Wilma war wohl kurz davor, alle rauszuwerfen, so heftig war das.«

»Weißt du, um was es ging?«

»Also so informiert sind wir auch wieder nicht.« Sigi zog die Nase hoch.

Er ist und bleibt ein kleiner Klugscheißer, dachte ich amüsiert, auch wenn er, laut Netti jedenfalls, zum Niederknien aussah und den knackigsten Hintern in ganz Ostfriesland hatte. »So viel wir wissen, ging es um Geld.«

Harm nickte. »Die Gäste sind dann doch zügig weg. Gernot ist ins Bett und Wilma wollte noch im Wohnzimmer bleiben, um von ihrer Palme, wie ihr Ehemann sagte, herunterzukommen.«

»Und dann hat sie sich zu viel Insulin gespritzt …«, verkündete Sigi, »und ihr Mann hat sie am nächsten Morgen gefunden.«

»Sie war das nicht selbst«, berichtigte Harm seinen Kollegen. »Das muss einer der Gäste gewesen sein, der die Dosis an der Einstellung von dem Spritzdings verstellt hat.«

»Aber sicherlich haben nicht alle ein Motiv?«, überlegte ich laut.

Harm wiegte den Kopf hin und her. »Soweit ich gehört habe, war die Familie ganz schön zerstritten.« Er sah mich an. »Und was ist jetzt mit meiner Ostfriesentorte?«

Ich musste einsehen, dass ich in diesem Augenblick nichts Nennenswertes erfahren würde und stand auf. »Du auch ein Stück, Sigi?«

»Nee, ich muss auf meine Figur achten. Sonst bekomme ich auch so eine Wampe wie mein Kollege hier.«

Den Rest des Nachmittags bediente ich mit Leevke unsere Gäste, ordnete einige Bücher in die Regale ein, in denen die Besucher geschmökert hatten.

Annalotta hatte eine Lasagne gemacht. Es roch verführerisch, als ich nach Feierabend nach oben kam.

»Mama, ich fahre doch bei der Klassenfahrt mit«, teilte mir meine Tochter mit. » Es geht an die Ostsee.«

»Ganz schön langweilig da«, stänkerte mein Sohn. »Nix als Wellen und wahrscheinlich jede Menge Rentner, die aus den Reisebussen quellen.«

»Du bist so ein Blödmann«, zischte sie und zeigte ihm einen Vogel. Wilko grinste und stach in sein Lasagnestück. »Kochen kannst du jedenfalls, Schwesterlein, das muss man dir lassen.«

Nach dem Essen verzogen sich die Kinder in ihre Zimmer, ich räumte die Küche auf und warf die Spülmaschine an.

Gerade hatte ich es mir vor dem Fernseher gemütlich gemacht, als es klingelte. Endlich, das war bestimmt Roswitha. Mit einem heftigen Ruck riss ich die Wohnungstür auf und blickte in Elaines verheultes Gesicht.

»Emely, hast du einen Moment?«

»Komm rein, ich mach dir einen Tee.«

Elaine war meine Nachbarin und gleichaltrige Freundin, die in Wirklichkeit Else hieß. Sie trug wie immer eines ihrer Flatterkleider, die sie in allen Farben und Formen besaß, um auch die eine oder andere Alterserscheinung unter dem bunten Stoff zu verbergen.

Sofort stellte ich den Wasserkocher an, brühte Tee auf und stellte Kluntje und Zucker auf den Tisch. »Was ist denn los? Du siehst total verschmiert aus.«

Ich zeigte auf die schwarzen Rinnsale an ihren Wangen.

»Wieder mal ein Schuss in den Ofen!, schniefte sie. Hätte ich mir ja denken können, dass es sich wieder um einen Kerl handelte. Elaines Hobby war die aktive Suche nach Mister Perfect, der ihr die Sterne vom Himmel und die Kohlen aus dem Feuer holen sollte.

»Wie hieß der noch mal?« Ich hatte vollkommen den Überblick über die zahlreichen Kavaliere verloren. Wie viele Abende und Nächte hatte sie an meinem Küchentisch gesessen und um die jeweilige große Liebe geheult. Meiner Meinung nach vergaß sie manchmal, dass sie selbst nicht mehr so ganz taufrisch war, aber ihr finanzieller Rückhalt sorgte sicher bei den Herren für die notwendige Attraktivität.

Die erste Tasse Tee trank sie in einem Rutsch. »Das tut echt gut. Mir geht es schon viel besser.« Sie hielt mir ihre leere Tasse hin. »Er heißt Horst-Herman und ist ein Bauunternehmer aus Emden.«

»Und er ist verheiratet.«

»Woher weißt du das?«

Ich hatte wieder mal ins Schwarze getroffen. »Ich hatte es nur vermutet. Wer Horst-Herman heißt, ist sicherlich kein Jüngling mehr und da lag die Vermutung einfach nahe.«

»Und ich blöde Kuh war sogar bei ihm zu Hause«, schimpfte sie weiter. »Da war alles so gediegen und ordentlich. Ich hatte ja gleich so einen leisen Verdacht, aber er hat mich beruhigt und gesagt, seine Haushälterin wäre oberste Spitzenklasse.«

»Und was machst du jetzt?« Eigentlich sollte man dieses Gespräch aufnehmen, dachte ich, denn so oder zumindest ähnlich lief es jedes Mal ab.

»Ich habe ihn in den Wind geschossen, aber ich fühle mich veräppelt.«

»Wie bist du überhaupt dahintergekommen?«

Sie machte eine wegwerfende Bewegung. »Wir waren verabredet, aber ich musste leider absagen, wegen eines Friseurtermins. Ich rief bei ihm zu Hause an und sprach mit einer Frau, die offensichtlich nicht seine Haushälterin war. Die Kuh hat gesagt, ihr Mann wäre noch in einer Sitzung.« Empört stieß sie die Luft aus. »Der hat bestimmt schon wieder eine andere am Haken. Dabei sieht er noch nicht mal so gut aus. Seine Haare … Glatze kann man noch nicht sagen, aber alles ist ziemlich dünn.«

Fahrig strich sie ihr Kleid glatt. »Ich fahre übermorgen erst mal nach Hamburg. Meine Freundin Giselle hat da ein Café. Ich muss mal auf andere Gedanken kommen, nach dieser Schmach.«

Die Freundin hieß sicherlich in Wirklichkeit Gisela und hatte, ebenso wie Elaine, ein Faible für französische Vornamen.

Eine Zeitlang meckerte Elaine noch über den niedrigen geistigen Horizont der männlichen Bevölkerung, trank noch einen Teelikör, der ihre Stimmung sichtbar verbesserte und brach dann schließlich auf.

Roswitha tauchte an diesem Abend nicht mehr auf. Sie informierte mich mittels einer Textnachricht, dass sie es nicht mehr geschafft hätte und morgen Vormittag vor ihrem Spätdienst bei mir vorbeikommen wür de.

Das war mir eigentlich ganz recht, denn ich war hundemüde und verzichtete sogar auf mein abendli ches Fernsehprogramm. Im Halbschlaf bekam ich noch mit, dass mein Sohn sich spät am Abend ein paar Spiegeleier briet. Das ist ganz mein Sohn, seufzte ich, jederzeit bereit, Nahrung zu sich zu nehmen.

4

In der Küche hatte mein Sohn das reinste Chaos hinterlassen. Nicht nur, dass die schmutzige Pfanne auf dem Tisch stand, nein, sogar den Kühlschrank hatte er nicht geschlossen. Er war ganz schön sauer, als ich ihn deshalb aus dem Bett warf. Das Gemecker, welches er während seiner Aufräumaktion von sich gab, überhörte ich geflissentlich und trank in aller Seelenruhe meinen Morgenkaffee.

»Und, zufrieden?« Wilko machte eine umfassende Bewegung. »Ist das ordentlich genug?«

»Wieso hast du schon wieder so eine Schweinerei in der Küche gemacht?« Annalotta war aufgetaucht und ersparte mir eine Antwort.

Schnell verzog ich mich, duschte und ging als Erstes zu Selma in die Küche. »Du sollst mal zu Teelse kommen, die hat wieder irgendwas.«

»Was ist es denn dieses Mal?« Mit Kopfschütteln ging ich rüber in den Gastraum, wo unsere Putzfee gerade dabei war, frische Tischdecken aufzulegen.

»Moin Teelse. Alles im Lot bei dir?« Gespannt wartete ich, welche Story sie mir nun wieder erzählen würde. Alles, was in Neuharlingersiel geschah, wurde von ihr erst um einige Details aufgehübscht und dann fleißig weiterverbreitet.

»Nee Emely, guck dir die Schweinerei an.« Sie zeigte auf ein Buch, welches sie auf die Fensterbank gelegt hatte.

»Was ist denn damit?« Das kleine Taschenbuch sah total unauffällig aus. Der Titel *Die große Zarin* war mir allerdings unbekannt. »Ist das ein historischer Roman?«

»Dass ich nicht lache«, empörte sich Teelse, »schlag mal auf.«

Schon auf der dritten Seite wusste ich, was sie meinte. Auf den großen, farbigen Fotos waren recht anzügliche Szenen zu sehen. »Wie kommt das denn in unser Bücherregal?«

»Das hat irgend so ein Witzbold da reingestellt.« Die schmutzigen Tischdecken stopfte sie kraftvoll in einen Wäschesack. »Das war bestimmt einer, der diese Lektüre vor seiner Frau verstecken wollte. Schmeiß den Schweinkram bloß weg.«

Das ominöse Taschenbuch wanderte sofort in den Müll.

Die ersten Gäste kamen schon gleich, kaum dass wir geöffnet hatten und warteten, dass sich der Regen verzog. Leevke und ich hatten alle Hände voll zu tun, um Tee und Torten zu servieren.

Als sich die Gästeschar lichtete, tauchte endlich Roswitha auf. Sie nickte kurz Leevke zu und zog mich dann eilig ins Büro.

»Du bist ja ganz schön auf hundertachtzig«, wunderte ich mich und sah ihr zu, wie sie ihre weiße Strickjacke um ihren doch beneidenswerten schlanken Oberkörper schlang.

»Du kannst dir ja nicht vorstellen, was jetzt bei denen los ist.« Sie atmete tief aus und lehnte sich zurück. »Ich muss erst mal runterkommen.«

»Meinst du die Familie Dirksen?«

Roswitha nickte. »Inklusive Jasper und dem Amerikaner.«

Ich verstand kein Wort. »Vielleicht könntest du mir auf die Sprünge helfen«, bat ich sie, »ich verstehe nämlich überhaupt nichts.«

»Gut, also alles von vorne. Der alte Jakob van Gerpen hatte drei Kinder. Gudrun, die nach Amerika ausgewandert ist, Jasper mit seiner Giftbude im Elternhaus und Wilma. Sie und Gernot haben zwei Töchter, Maren und Franzi.«

»Und was ist mit dem Amerikaner?«

»Tom Davis ist der Sohn von Gudrun und in den USA geboren. Er arbeitet bei einem Hotelkonzern in Boston. Die wollen den europäischen Markt erkunden. Deshalb die Tagung im Hotel Deichhuske. Tom Davis hat den Tagungsort ausgesucht. Seine Mutter stammt ja aus Neuharlingersiel. So wollte er gleich auch seine deutsche Familie kennenlernen.«

Lässig schlug sie ein Bein über das andere. Ihre Beine waren wirklich dünn. Die waren zusammen genauso dick wie einer meiner Oberschenkel.

Roswitha seufzte. »Jetzt weißt du die Hauptsache, was die Familiengeschichte betrifft.«

»Netti hat was von Diamanten erzählt?«

Sie nickte. »Also, das war so. Jakob van Gerpen, der Vater der drei Geschwister, hat als junger Mann in Südafrika in einer Diamantenmine gearbeitet. Als er nach Ostfriesland zurückkam, hat er überall herumerzählt, dass er jetzt durch den Besitz von Diamanten ein reicher Mann sei.«

»Hat er die geklaut oder rechtmäßig erworben?«

»Das allerdings hat er nie verraten. Du kannst dir sicher vorstellen, wie die Leute hier aus dem Ort neidisch waren. Ostfriesland war ja früher weit ab vom Schuss, keine Autobahn und keine Großstadt, da hatte Jakob es leicht, den großen Maxe zu markieren.«

»Hat irgendjemand die Diamanten je gesehen?«

»Ich glaube nur Jakobs Frau, ansonsten hielten es die Menschen hier nach einiger Zeit für reine Angeberei. Anders als die Familie.«

»Die denken immer noch, die Diamanten existieren?«

»Puh, jetzt wird mir heiß.« Ohne große Verrenkungen und sehr elegant schälte sie sich aus der Jacke und gab den Blick auf ihre quasi nicht vorhandene Oberweite frei. »Wo war ich?«

»Die Familie denkt immer noch, dass sich die wertvollen Steine irgendwo befinden?«

»Die glauben das echt, deswegen haben die sich oft in die Haare bekommen. Man vermutet, dass die

Dinger sich in dem alten Elternhaus, in dem Jasper immer noch wohnt, befinden. Deswegen gab es auch an Wilmas Geburtstagsfeier Streit.«

»Und warum?«

»Wilma hat zum wiederholten Male gefordert, dass ein Sachverständiger vom Denkmalschutz kommen sollte, um das alte Haus von Jakob van Gerpen auf seine architektonischen Besonderheiten hin zu untersuchen. Also Stellen aufspüren, in denen man etwas verbergen könnte, ohne dass es von außen ersichtlich wäre.«

»Das hört sich etwas unsinnig an«, meinte ich und dachte an das alte Haus meiner Tante in Emden. In jeder Ritze, unter jedem Mauervorsprung, unter jeder alten Diele hätte man da Schätze verbergen können. »Davon mal abgesehen, dass das sicherlich nichts bringen würde, aber das kostet bestimmt viel Geld.«

»Das meine ich allerdings auch«, erwiderte Roswitha. »Ich denke, im Laufe der Jahre ist jeder der Familie unauffällig auf die Suche gegangen, in der Hoffnung, den Schatz zu finden, um ihn dann für sich behalten zu können.«

»Und Jakob van Gerpen hat nie jemandem anvertraut, wo er die Diamanten versteckt hat?«

»Nein, er hat sein Geheimnis mit ins Grab genommen.«

»Aber warum sollte deshalb jemand Wilma töten?«

»Weißt du, ich glaube, Wilma wusste mehr, als sie zugab. Sie hat mal in einem Nebensatz so eine

Bemerkung gemacht.«

»Weißt du noch, was sie gesagt hat?«

»Nicht mehr ganz genau. Das war vor vielen Jahren beim Osterfeuer. Wir hatten alle 'nen Lütten getrunken, da kam das Gespräch wieder mal auf die verschwundenen Diamanten. Wilma sagte da so nebenbei, dass man der Sache wahrscheinlich näher ist, als man denkt und sie alle vielleicht tagtäglich auf einem Schatz sitzen.«

»Aber weshalb wollte sie dann einen Sachverständigen haben?«

»Jasper ist der Meinung, dass das alles nur ein Ablenkungsmanöver sei und sie die Klunker längst an sich gebracht hatte.«

Das hörte sich alles sehr spannend an. »Kannst du mir vielleicht eine Liste machen, wer alles zur Geburtstagsgesellschaft gehörte?«

»Kann ich machen, aber die Liste wird lang. Außer der Familie waren ja viele Freunde und Nachbarn da.«

»Die wissen natürlich auch alle über den verschwundenen Schatz Bescheid, oder?«

»Ich nehme das mal an. Auf alle Fälle gibt es jede Menge Leute, die nicht gut auf Wilma zu sprechen sind … oder waren, muss man ja jetzt sagen.«

Sie erzählte mir noch, dass einige der amerikanischen Gäste im Hotel entzückt von dem so malerischen Küstenörtchen seien. »Und die sind hocherfreut, dass man im Café Kluntje Brownies bestellen kann.«

»Das wird Selma erfreuen«, entgegnete ich.

»Tja, dann will ich mal wieder.« Mit einer schnellen Bewegung erhob sich die Hausdame des Hotel Deichhuske und warf die Tür hinter sich ins Schloss.

Nachdem sie gegangen war, rief ich im Internet einige interessante Artikel über Diamanten auf und musste feststellen, dass auch eine kleinere Menge sehr wertvoll war. Sollte Wilma Dirksen tatsächlich im Besitz der Diamanten gewesen sein, war das ein ausreichendes Motiv, sie zu töten. Blieb die Frage, die wahrscheinlich die ganze Familie seit Jahren beschäftigte: Wo waren die Edelsteine?

5

»Ich bin dafür, dass man Schönheitsoperationen auch bei Männern endlich akzeptiert.« Sigurd Monsmann legte beide Hände an seine Schläfen und zog seine Gesichtshaut ein wenig nach oben. »Ich würde doch um Jahre jünger aussehen.«

Harm tippte sich an die Stirn. »Du hast doch echt einen Knall. Mann, du bist noch nicht mal fünfzig. Lauf regelmäßig am Strand entlang und lass dir den Wind um die Nase wehen. Du wirst sehen, das macht tatsächlich jünger.«

»Ich bin in der Mitte des Lebens«, stöhnte der schöne Sigi und nahm die Hände wieder aus seinem Gesicht. »Meine Jugend ist auf alle Fälle vorbei.«

»Ihr habt wohl die gleichen Probleme wie wir Frauen, oder?« Die beiden Kaffeetassen stellte ich mit einem amüsierten Lächeln vor die Herren hin und sah sie abwartend an.

»Ach Emely, wie kann man nur so neugierig sein«, grinste Harm und deutete auf den freien Stuhl am Tisch. »Ich sage das jetzt aber nur unter dem Siegel der Verschwiegenheit.«

Die Worte waren Musik in meinen Ohren. »Schieß schon los.«

»Die Kollegen aus Wittmund haben gestern das ganze Haus von Wilma und Gernot auf den Kopf gestellt, weil einer aus der Familie ausgesagt hat, dass sie sich das Erbe des Vaters unter den Nagel gerissen hätte. Das wäre ja immerhin ein mögliches Motiv.«

»Du meinst die Diamanten? Hat man sie gefunden?«

»Überhaupt nichts hat man gefunden«, zischte Sigi und sah seinen Kollegen an. »Du erzählst jetzt nichts weiter.«

»Es gibt ja auch nichts weiter zu erzählen«, maulte Harm und wandte sich seinem Kaffee zu.

Gerade wollte ich noch einmal nachhaken, als Leevke an den Tisch kam. »Roswitha hat angerufen«, flüsterte sie mir zu, »sie hätte dir eine Mail geschickt.«

»Oh, danke, darauf habe ich schon gewartet.«

Im Büro startete ich meinen Computer, öffnete die Mail und druckte mir Roswithas Liste aus.

Es waren tatsächlich viele Namen aufgeführt. Jasper van Gerpen stand als Erster auf der Liste, danach kamen die anderen Familienmitglieder. Neben der gesamten Familie waren auch noch einige Nachbarn und Freunde anwesend gewesen. Roswitha hatte netterweise hinter jedem Namen vermerkt, in welcher Beziehung die jeweiligen Gäste zu der Familie van Gerpen / Dirksen standen.

Die Liste steckte ich in meine Tasche, um sie mir am

Abend genauer anzusehen.

Zuerst musste ich Tamme, unseren Haus- und Hofhandwerker anrufen, weil in der Küche an zwei Schranktüren die Scharniere locker waren und somit die Türen schief in den Angeln hingen. Ich persönlich fand das nicht so schlimm, aber Selma hatte behauptet, dass ihre Augen diese optische Unregelmäßigkeit nicht vertragen und sich sofort ein Drehschwindel bei ihr einstellen würde.

Selma, entzückt über die sofortige Behebung des Übels, stopfte Tamme mit zwei Stücken Kuchen voll und packte ihm noch zwei Brownies für zu Hause ein.

Später rief Bertus an. »Die Kollegen haben das Haus der Verstorbenen durchsucht.«

»Ach so?«, versuchte ich überrascht zu klingen. Ich verschwieg ihm selbstverständlich, dass mich Harm schon informiert hatte. Auf keinen Fall wollte ich, dass der Ortspolizist irgendwelchen Ärger bekam, nur weil er mir internes Wissen mitgeteilt hatte.

»Bei der Befragung hat sich herausgestellt«, fuhr Bertus fort, »dass es immer mal wieder Zank in der Familie wegen eines angeblich versteckten Vermögens gegeben hatte. Man kann also annehmen, dass dies das Motiv für den Mord an Frau Dirksen sein könnte, aber, wie gesagt, man wurde nicht fündig.«

»Schade«, meinte ich, »hätte irgendwie gepasst.«

Der ehemalige Kommissar ließ sich noch lang und breit über seine Ultraschalluntersuchung wegen des

Verdachts auf Gallensteine aus. Ich hörte aber nur mit halbem Ohr zu, denn in Gedanken hatte ich gerade beschlossen, den ersten auf der Liste, nämlich Jasper van Gerpen, am nächsten Tag aufzusuchen.

Am Nachmittag fand wieder das Treffen der Teeschwestern statt. Hedwig hatte sich entschuldigen lassen, da ihr nicht so wohl sei.

»Wie hält Frerk das nur mit der Frau aus?«, lästerte Netti gerade, als ich den Tee brachte. »So hinfällig kann doch kein Mensch sein.«

Franziska schmunzelte. »Ich weiß, dass sie auch manchmal nur so tut, als ob sie was hätte, damit ihr Mann macht, was sie will.«

»Wirklich?« Tabea war fassungslos. »Und der fällt darauf rein?«

»Klar«, nickte Franziska. »Vor Jahren hat sie mal tagelang auf dem Sofa zugebracht, weil angeblich die Gardinen im ganzen Haus die Sonne so durchscheinen ließen und der Grund für ihre regelmäßigen Migräneanfälle waren.«

»Und was war der eigentliche Grund der Aktion?«, fragte Netti nach.

»Hedwig hatte sich in den Kopf gesetzt, alle Vorhänge im Haus erneuern zu lassen, da diese schon über dreißig Jahre alt und total verblichen waren. Der Göttergatte hatte diese unnütze Ausgabe vehement abgelehnt. So sah sich Hedwig gezwungen, sich kränkelnd danieder zu legen. Selbstverständlich hatte

Frerk sich sein Essen selbst zubereiten müssen, da Madame ja hinfällig war.«

»Irgendwie schlau.« Bewunderung lag in Tabeas Stimme. »Und hat es genutzt?«

Franziska nickte. »Am vierten Tag hat er aufgegeben und der plötzlich gesundeten Gattin gestattet, die neuen Gardinen zu bestellen.«

Am Abend hatte ich es mir, nach einem ausgiebigen Mandelölbad mit anschließender Gesichtsmaske auf dem Sofa gemütlich gemacht. Aufmerksam ging ich die Gästeliste durch. Einige Namen waren mir ein Begriff, zu anderen fiel mir spontan kein Gesicht ein.

War es wirklich möglich, dass eine Familie beinahe zerfiel, nur weil irgendwo ein Vermögen versteckt war? Jedenfalls war Geld neben Eifersucht ein sehr häufiges Mordmotiv. Warum sollte das hier in der idyllischen Provinz an der Nordseeküste anders sein?

6

Um meinem schlechten Gewissen wegen meiner mangelnden Bewegung Genüge zu tun, war ich mit dem Rad zu Jaspers Haus gefahren. Das Wetter war herrlich, kaum Wind, also hatte ich keinerlei Ausreden, um bequemerweise die Strecke mit meinem Bulli zu fahren.

Das Elternhaus der drei Geschwister, ein altes Bauernhaus aus Backstein, lag in der Nähe des Campingplatzes von Neuharlingersiel. Das Dach des hinteren Scheunentraktes war fast bis zum Boden heruntergezogenen. An der Vorderfront des alten Hauses leuchtete in grellroter Schrift der Name der Kneipe. *Giftbude.*

Ganz oben unter dem Giebel stand die Jahreszahl 1887. Die Fenster waren sicherlich in der Zwischenzeit erneuert worden, aber das war bestimmt auch schon wieder Jahrzehnte her. Ich konnte die Sturmhaken neben den Fenstern sehen, in denen man die geöffneten Fensterflügel einhaken konnte, damit diese bei plötzlich aufkommendem Wind nicht zu Bruch gingen.

Die Eingangstür zur Kneipe, eine alte Holztür, teilweise in Friesenblau gestrichen, hatte auch schon mehrere Jahre seine Funktion erfüllt.

Zögerlich zog ich die Tür auf und trat ein. Im Inneren war es ziemlich dunkel.

»Moin«, brummte eine tiefe Stimme. »Wir haben noch zu.«

»Ich weiß, eigentlich … Jasper?«

»Joo, was is?«

Ein Mann mit Vollbart trat aus dem dunklen Hintergrund näher. War das Jasper? Ich hatte ihn lange nicht mehr gesehen. Der Bart ließ das Gesicht im Verborgenen. »Jasper?«

»Du bist Emely, stimmt's?«

»Ja, das ist richtig. Aber woher …?«

Mit einer Bewegung bat er mich, näherzutreten. »Ich war mal mit einer Bekannten in deinem Café. Ich muss sagen, euer Kuchen ist echt spitze. Meine Frau kann nicht so gut backen. Wie wäre es mit 'nem Kopke Tee?«

Mit so viel Entgegenkommen hätte ich gar nicht gerechnet. »Gerne, wenn du Zeit hast.« Dass Jasper verheiratet war, war komplett an mir vorbeigegangen. Ich kannte ihn nur als schrulligen, in sich gekehrten Junggesellen.

»Klar doch. Setz dich doch bitte.« Jasper wandte sich um und sah zu einer der hinteren Türen. »Mary …«, brüllte er, »mach mal 'nen Tee. Wir haben Besuch.«

»Ich wollte dich nicht von der Arbeit abhalten«, erklärte ich, war aber froh, dass Jasper sich so viel Zeit für ein Gespräch nahm.

»Schon gut.« Ächzend ließ er sich mir gegenüber an einem großen Holztisch nieder, auf dem eine große Schale stand, an deren Rand das Wort *Stammtisch* eingeritzt war. »Ich habe sowieso keinen Bock heute. Du hast das ja sicherlich von meiner Schwester gehört. Schöne Scheiße, kann ich dir sagen, aber …« Er sah sich um, als ob uns jemand belauschen könnte und senkte seine Stimme. »Man darf das ja nicht laut sagen, aber Wilma war ein Miststück sondergleichen.«

Eine Frau, etwas jünger als Jasper, kam mit einem Tablett herein und stellte es wortlos ab. Freundlich lächelte sie mir zu und verschwand wieder.

»Das ist Mary, meine Frau. Wir sind noch nicht so lange verheiratet. Sie kommt aus Schottland und kennt hier noch niemanden, deshalb verzieht sie sich immer gleich wieder.«

»Wie kommst du denn zu einer Frau aus Schottland?«

»Internet«, verkündete der Kneipier stolz. »Ich habe da so eine Anzeige aufgegeben. Man wird ja nicht jünger und die Winter sind ja echt lang und dunkel hier an der Küste.«

Dass sich ein Mann verheiratet und die örtlichen Wettergegebenheiten als Grund dafür anführte, war mir neu, aber Jasper machte einen glücklichen Eindruck und war offensichtlich mit seiner Wahl zufrieden.

»Sag mal, deine Frau war nicht bei der Geburtstagsfeier deiner Schwester?« Beim besten Willen konnte ich mich nicht erinnern, ihren Namen auf der Liste gesehen zu haben.

»Nee, wie gesagt, sie ist schüchtern.« Er warf in jede Tasse ein Kluntje und goss den heißen Tee drüber. »Sahne kannst du dir selbst nehmen, ich trinke den Tee immer ohne.«

»Danke.«

Jasper zog kräftig an seinen Hosenträgern, strich sich über seinen Bart und sah mich dann nachdenklich an. »Irgendwie ist das bei uns in der Familie nicht so gut gelaufen.«

»Meinst du eure Kindheit?«

Er nickte. »Mein Vater war ein Spinner. Er konnte auch ganz schön fies sein und hat uns Kindern nix gegönnt, obwohl er doch angeblich ein reicher Mann war.«

»Und deine Mutter?«

»Die hat zu ihrem Mann gehalten.« Er lachte verächtlich. »Die Scheiß-Diamanten haben uns ganz schön Ärger eingebracht, obwohl die bislang noch niemand in den Händen gehalten hat.«

»Deine Schwester Gudrun hat ja euer Elternhaus früh verlassen«, hakte ich weiter nach, begierig, so viele Informationen wie möglich zu erhalten. »Wie kam sie denn darauf, nach Amerika zu gehen?«

»Keine Ahnung.« Jasper zuckte mit den Schultern.

»Es ging ihr sicherlich auch auf den Keks, dass unsere Mutter Wilma immer bevorzugt hat, obwohl diese doch die Ältere ist.«

»Ja, im Allgemeinen sind die jüngsten Kinder diejenigen, die von aller Welt verwöhnt werden.«

»Ja, stimmt, aber bei uns war das umgekehrt. Wilma war später genauso fies wie unser Vater.« Jaspers Gesicht verdunkelte sich. »Gernot hatte es nicht leicht. Sie hat immer bestimmt, was gemacht werden sollte. Angefangen von der Arbeit im Garten, bis hin zur Haushaltskasse.« Er seufzte. »Es gab viele Leute hier im Ort, denen Wilma mal gehörig auf die Füße getreten hat. Ein großer Teil war auch bei der Geburtstagsfeier.«

»Du meinst, dass viele der Gäste einen Grund hatten, Wilma zu töten?«

»Da gehe ich ganz fest von aus. Dass sie so ein Ding für ihre Insulinspritze benutzt, war allgemein bekannt und lag immer gut sichtbar in einer Holzschale auf dem Regal. Jeder hätte in einem unbeobachteten Augenblick die Dosierung verändern können.«

Das schränkte also die Zahl der Verdächtigen keineswegs ein, überlegte ich, auch wenn nicht für jeden der Anwesenden die geheimnisvollen Diamanten so wichtig waren, wie für die Familie.

»Noch mal wegen dieser Diamanten … Meinst du, dein Vater könnte die hier im Haus versteckt haben?«

»Wenn ich das wüsste«, stöhnte er. »Theoretisch

können die Dinger überall sein.«

»Aber am wahrscheinlichsten wäre doch ein Versteck hier im Haus«, überlegte ich weiter. »Ich würde so etwas Wertvolles immer da verstecken, wo ich es immer im Auge habe, also in meinem Haus.«

»Genau das habe ich mir auch gedacht.«

»Hast du nie danach gesucht?«, wollte ich wissen.

»Doch, habe ich. Du kannst dir nicht vorstellen, was ich alles veranstaltet habe. In der Scheune habe ich monatelang jeden Zentimeter der alten Balken abgeklopft, in der Hoffnung eventuell einen Hohlraum zu finden. Jeden beschissenen Mauerstein, und das sind in dem großen Haus verdammt viele, habe ich eingehend untersucht.« Er lachte kurz auf. »Wilma kam regelmäßig vorbei und hat ebenfalls alles abgesucht. Komischerweise hat sie irgendwann damit aufgehört. Wir haben den Verdacht, dass sie was gefunden hat, aber beweisen können wir nichts. Vielleicht war aber auch der Grund, dass sie zunehmend hinfällig geworden war und nicht mehr so oft kommen konnte.«

»Und wie war das auf der Feier?«

Umständlich wechselte er seine Sitzposition. »Also rein äußerlich war alles harmonisch. Jeder war zu jedem freundlich. Nur die beiden Töchter von Wilma hatten sich wieder mal in der Wolle.«

»Wilma hat zwei Töchter?«

Er nickte. »Franzi, die jüngere der beiden, wurde

von jeher von Wilma bevorzugt. Da kam sie ganz nach unserer Mutter.«

»In welcher Weise hat sich das bemerkbar gemacht?«

Ich konnte mir gar nicht vorstellen, einem meiner Kinder den Vorzug zu geben, auch wenn sie total unterschiedlich waren. So gab es in meiner Zuneigung zu ihnen keinerlei Unterschied.

Jasper kratzte sich ausgiebig am Hinterkopf, bevor er weitersprach. »Wilma hat ständig von Maren verlangt, dass sie alles mit ihrer Schwester teilen sollte.«

»Sag mal ein Beispiel«, bat ich ihn.

»Na ja, also wenn beide Mädchen je ein Stück Kuchen bekommen und Franzi ihres ruckzuck aufgegessen hatte, dann hat Wilma angeordnet, dass Maren ihrer kleinen Schwester noch ein Stück abgeben sollte, da es die beiden letzten Kuchenstücke waren. Die war natürlich sauer und hat deshalb dauernd mit ihrer Schwester gestritten. Und du kannst mir glauben, ich könnte dir noch Hunderte solcher Beispiele nennen.«

»Sind die beiden Schwestern so unterschiedlich?«

»Wenn du so willst, ja. Franzi ist Ärztin und mit einem Arzt angeblich glücklich verheiratet. Wilma hat alles darangesetzt, dass ihre jüngste Tochter studieren kann. Maren arbeitet bei einer Behörde und ist immer noch unverheiratet.« Er schlug sich amüsiert auf die Schenkel. »Sie ist so eine richtige vertrocknete Jungfer, immerhin ist sie fast fünfzig.«

Jetzt war ich ein bisschen geschockt. Immerhin hatte ich schon vor ein paar Jahren meinen fünfzigsten gefeiert und fühlte mich keineswegs als alte Jungfer. Aber wahrscheinlich fand er es bemerkenswert, dass seine Nichte noch nie verheiratet gewesen war. Dass er selbst erst jenseits der siebzig in den Hafen der Ehe eingelaufen war, hatte er augenscheinlich vergessen.

»Wie ist das denn mit dem amerikanischen Neffen?«, wechselte ich das Thema. »Den habt ihr alle jetzt erst kennengelernt, oder?«

»Ja, der Typ ist einfach hier aufgetaucht. Ich habe erstmal nachgeprüft, ob er wirklich der Sohn von Gudrun ist.«

»Wie hast du das denn angestellt?«

»Ich habe mir seinen Pass zeigen lassen. Gudrun war mit einem Elton Davis drüben verheiratet und der Sohn heißt Tom Davis. Außerdem hat er mir ein Bild seiner Mutter gezeigt. Das war unverkennbar Gudrun, obwohl sie auf dem Bild schon älter war.«

»Aber das beweist doch gar nichts.«

»Das hat Mary auch gesagt. Seitdem bin ich mir auch nicht mehr so sicher. Vielleicht ist er ein Hochstapler?«

Diese Frage konnte ich ihm beim besten Willen nicht beantworten. Aber ich wusste, wer mir da weiterhelfen konnte.

7

»Großstadt – ja, das hat was«, schwärmte Elaine und betrachtete ihre aufwändig manikürten Fingernägel. »An jeder Ecke findest du etwas Tolles. Schicke Boutiquen, exklusive Friseurläden, die natürlich alle Hairstylist oder so heißen.« Sie streckte die Hände weit von sich, wedelte ein wenig hin und her und bewegte nacheinander ihre Finger, nicht ohne einen anerkennenden Pfiff von sich zu geben. »Sieht echt gut aus.«

Wir saßen in dem noch fast leeren Café Kluntje und tranken Kaffee.

»Wie gehst du denn damit aufs Klo?« Ich zeigte auf die spitzen roten Schaufeln an ihren Händen. »Du kannst ja gar nicht zugreifen.«

»Alles reine Übungssache«, klärte sie mich auf, »man muss mit der flachen Hand zugreifen. Die Finger krumm machen geht nicht.«

»Die Nägel brechen doch sonst ab, oder?«

»Emely, du Liebe, Giselle sagt, das ist der neueste Kracher und total angesagt in der City.« Sie zeigte auf meine kurz geschnittenen Nägel. »Wegen der Putzerei hast du es mit deinen Hausfrauenhänden leichter, das muss ich ja zugeben.«

Ich liebte sie heiß und innig, aber manchmal hatte sie in meinen Augen einen Sprung in der Schüssel. Ich musste aber zugeben, dass die Treffen mit ihr immer eine willkommene Abwechslung in meinem alltäglichen Dasein waren.

»Und was hört man in Sachen Mann fürs Leben?«

»Ach hör auf«, schimpfte sie, »Giselle hat mich zu einer Vernissage mitgeschleppt, aber alles nur junge Kerle. Denen muss ich ja erst mal das Einmaleins erklären.«

»Vielleicht bleibst du ja auch erstmal eine Weile alleine, soll ja auch ganz guttun.«

»Du hast recht.« Sie sah auf ihre Armbanduhr mit einem roten Lederband, welches farblich auf ihr übriges Outfit abgestimmt war. »Ich muss los.«

»So schnell?«

Sie nickte. »Ich habe mich für einen Niederländisch-Kurs angemeldet, immer vormittags, da kann ich am besten denken.«

»Niederländisch? Im Ernst?«

»Ich habe letzte Woche gelesen, dass die Holländer den größten Sexappeal in ganz Europa hätten.« Elaine grinste verschmitzt. »Da will Frau doch vorbereitet sein.«

Das Café füllte sich zusehends und Elaine verabschiedete sich.

Selma gab mir noch den aktuellen Bestellzettel, als ich bei ihr in der Küche war. »Weißt du, wer eben angerufen hat?«

»Nein?«

»Deine dünne Roswitha. Das Hotel Deichhuske hat ein Blech Brownies bei uns bestellt, die Amerikaner haben danach gefragt.«

»Da siehst du mal, dein Ruf wegen deiner Köstlichkeiten reicht jetzt schon bis Amerika.«

Im Büro bearbeitete ich erst unsere Bestellungen und rief dann Roswitha an.

»Du hast ja schon gehört«, sagte sie, sobald sie den Hörer abgenommen hatte. »Unsere Köchin sagt, sie kann diese amerikanische Spezialität nicht backen, aber es gibt ja eure wunderbare Selma.«

»Aber ich rufe wegen etwas anderem an«, unterbrach ich ihren Redeschwall. »Ich war gestern bei Jasper und der äußerte seine Zweifel, dass Tom Davis wirklich sein Neffe ist.«

»Aber warum sollte er das fälschlicherweise behaupten?«

»Die Diamanten. Vielleicht hatte Gudrun in Amerika jemandem davon erzählt?«

Roswitha schwieg eine Weile. »Ich weiß, wie ich das herausbekomme. Ich rufe dich gleich wieder an.«

Noch ehe ich ein Wort entgegnen konnte, hatte sie schon aufgelegt. Dieser Tom Davis: War er überhaupt ein Amerikaner oder ein Deutscher, der die Gelegenheit nutzte, um sich zu bereichern?

Es dauerte genau acht Minuten, da meldete sich Roswitha wieder. »Er ist tatsächlich Tom Davis.«

»Woher weißt du das?«

»Ich habe in Boston bei seiner Firma unter einem Vorwand angerufen. Er arbeitet seit fünfzehn Jahren dort, ist geschieden und seine Mutter stammt aus Deutschland. Man hat mir auch ein Foto von ihm gemailt.«

»Dann stimmt das also«, sagte ich und war doch noch nicht zufrieden. »Das besagt aber nichts, denn auch wenn er Jaspers echter Neffe ist, kann er trotzdem hinter dem Vermögen her sein. Also hat er auch ein Motiv, seine Tante zu ermorden. Oder noch besser, er weiß mehr als alle anderen und hat sogar eine konkrete Ahnung, wo sich die Diamanten befinden.«

»Meinst du, Wilma ist fündig geworden und hat ihn eingeweiht?«

»Möglich wäre es doch, oder?« Ich hatte sowieso keinen Plan, wie ich die ganzen Geburtstagsgäste nach irgendwelchen Motiven durchforsten sollte. Aber irgendwo musste ich ja anfangen.

»Sag mal, siehst du eine Möglichkeit, wie ich unauffällig an Tom Davis herankomme?«

Sie schwieg einen Moment. »Na klar«, rief sie dann, »morgen Nachmittag gibt es hier eine Präsentation für die Tourismusmanager aus Ostfriesland. Davis wird sicherlich auch anwesend sein. Da könnte man doch unauffällig … lass mich nur mal machen. Sei morgen pünktlich um 18 Uhr hier im Hotel. Dann sehen wir weiter.«

Die Aussicht auf ein Treffen mit dem amerikanischen Neffen war schon mal ein Fortschritt. Vielleicht würde mir das weiterhelfen.

In Gedanken an die Mahnung meiner Hausärztin machte ich mich nach Geschäftsschluss auf den Weg zum Strand. Die Maisonne war wunderbar warm und ließ meine Laune steigen. Auf meinem Handy hatte ich mir in einem Anfall an Euphorie einen Schrittzähler installiert. Vielleicht schaffte ich es, täglich fünftausend Schritte zurückzulegen.

Da wir noch keine Schulferien hatten, waren fast keine Kinder am Strand, nur in Beige gekleidete Rentner oder junge Familien mit Kleinkindern. Wehmütig dachte ich an die Zeit zurück, als ich mit Wilko und Annalotta hier gesessen und den Kindern zugesehen habe, wie sie ihre Sandburgen und Straßen gebaut haben.

Ich ließ mich auf einem Mäuerchen nieder, zog meine Schuhe aus und streckte meine Beine von mir. Ich darf hier leben, wo andere ihren Urlaub verbringen, freute ich mich und dachte an meine Mutter, die Zeit ihres Lebens geschuftet hatte und niemals die Muße hatte, am Strand durchzuatmen. Sie hatte mich alleine durchbringen müssen, nachdem mein englischer Vater schon vor meiner Geburt das Weite gesucht hatte. Das Einzige, was mich mit England verband, war mein Vorname, den meine Mutter wohl in einem sentimentalen Augenblick gewählt hatte.

Meine Gedanken wanderten wieder ins Hier und Jetzt. Ich liebte mein Café, meine Familie und diese Detektivarbeit. Ich gab so lange keine Ruhe, bis ich hinter alle Geheimnisse gekommen war.

»Good evening.«

Erschrocken sah ich auf. Vor mir stand Mary van Gerpen und sah mich lächelnd an. »Ich wollte Sie nicht erschrecken.« Sie sprach fast akzentfrei Deutsch und wirkte überhaupt nicht schüchtern.

»Moin Frau van Gerpen«, stotterte ich. »Kommen Sie, setzen Sie sich ein bisschen zu mir.« Ich rutschte ein wenig zur Seite und bedeutete ihr, sich zu setzen.

»Ich bin fast jeden Abend hier«, seufzte sie, »es ist das Wasser, welches mich an zu Hause erinnert.«

»Haben Sie Heimweh?« Ich konnte mir beim besten Willen nicht vorstellen, in ein anderes Land zu ziehen.

»Manchmal«, nickte sie, »aber ich wollte weit weg.«

»Hatte das einen besonderen Grund?« Erschrocken hielt ich inne, »Entschuldigen Sie bitte, ich wollte nicht indiskret sein.«

»Nein, schon gut«, lächelte sie, »wenn ich nicht gewollt hätte, dass Sie sich mit mir unterhalten, wäre ich einfach weitergegangen.«

Sie legte ihre Hand über die Augen und deutete aufs Wasser. Ein Containerschiff fuhr in einiger Entfernung vorbei. »Es fährt sicherlich nach Großbritannien.«

»Also doch Heimweh?«

»Ja, aber ich hätte es zu Hause nicht mehr ausgehalten. Mein Mann … er ist vor vier Jahren gestorben und hat mich und meine Tochter zurückgelassen.«

»Oh, das tut mir leid.«

»Meine Tochter ist dann im letzten Jahr nach Australien ausgewandert und als ich dann von einer Hamburger Freundin Jaspers Anzeige zugeschickt bekam, habe ich die Gelegenheit beim Schopf gepackt und bin zu ihm nach Deutschland gekommen.«

Unauffällig sah ich zu ihr rüber. Das Gesicht war nahezu faltenfrei, die dunklen Haare mit weißen Fäden durchzogen. »Und Sie haben Jasper gleich geheiratet?«

»Ja, er ist ein liebevoller Mensch«, lachte sie, »etwas verschroben und wortkarg, aber liebevoll und fürsorglich. Ich hätte es nicht besser treffen können. Nur die Familie, das war dann nicht so erfreulich.«

»Wirklich?«

»Es war eigentlich nur Wilma … sie hat ihrem Bruder eine Szene gemacht, weil er eine Frau aus dem Ausland geheiratet hat.« Sie betrachtete jetzt ihre Hände. »Sie hat üble Sachen gesagt, obwohl ich dabeistand.«

»Wilma hat sicherlich angenommen, sie würden kein Wort verstehen. Habe ich recht?«

Mary nickte. »Als Jasper sie aufgeklärt hatte, dass

meine Mutter aus Lübeck stammte, ist Wilma förmlich ausgerastet und hat behauptet, wir hätten sie absichtlich reingelegt. So traurig das ist, aber jetzt kann sie mir das Leben nicht mehr schwer machen.«

Jaspers Frau erhob sich schwerfällig. »Ich muss weiter. Jasper macht sich sicherlich schon Sorgen.« Sie reichte mir die Hand. »Es war nett, Sie getroffen zu haben.«

Ich sah ihr nach und überlegte, ob diese sanfte Schottin dafür gesorgt haben könnte, dass ihre resolute Schwägerin nicht mehr unter uns weilte. Dass sie bei der Geburtstagsfeier nicht anwesend war, besagte gar nichts. Den Insulinpen hätte man gut auch am Mittag dieses Tages manipulieren können.

Oft waren es die sanftmütigen und leisen Menschen, die am Ende als Täter überführt wurden.

8

Was zog man am besten an, wenn man in einem Hotel einem Vortrag lauschen will, dessen Inhalt man sicherlich sowieso nicht verstehen würde?

Missmutig und ziemlich ratlos stand ich vor meinem Kleiderschrank. Ich besaß ein paar Jenas mit dem erforderlichen Elastananteil, ein paar großzügig geschnittene Winterpullis und zahlreiche Shirts, die meinen Alltag begleiteten.

Das einzig Vornehme an Kleidung war der Besitz eines schwarzen Rockes, der nur mithilfe zweier Sicherheitsnadeln auf meinen Hüften festsaß, da sich der Reißverschluss schon seit Jahren nicht mehr schließen ließ.

Egal, ich wollte das Hotel ja nicht kaufen und stieg so wie ich war auf mein Fahrrad.

Roswitha empfing mich in der Eingangshalle und zog mich wortlos weiter. In dem geräumigen Veranstaltungssaal war ein Mann in meinem Alter hinter einem Rednerpult stehend gerade dabei, mit weitausholenden Gesten Informationen an den Mann zu bringen.

Ich verstand von dem amerikanischen Englisch kein Wort. Nach zwei Minuten unterbrach er seine Rede und eine junge blonde Frau übersetzte alles ins Deutsche, aber auch da musste ich passen. Bilanzen und Gewinnerwartungen sagten mir gar nichts. Bei mir hieß das einfach Buchhaltung.

»Gleich gibt es eine Pause«, flüsterte Roswitha mir zu, »dann werde ich versuchen, Tom hierherzubringen.«

Ich nickte und betrachte die Herrschaften im Raum. Viele Damen in strengen Kostümen, die Herren korrekt im Anzug. Applaus brandete auf. Der Herr hinter dem Pult verbeugte sich und ich stand abwartend da.

»Tom, darf ich dir meine Freundin vorstellen, Emely Petersen. Ihr gehört das Café Kluntje am Hafen.«

Tom Davis reichte mir die Hand und verbeugte sich leicht. »Roswitha hat mir gesagt, dass Sie sehr an den Umständen von Tante Wilmas Tod interessiert sind.«

Mir war das peinlich und in diesem Moment hätte ich Roswitha erwürgen können, aber er hatte ja recht. »Ich kannte Ihre Tante nicht näher.«

»Wollen wir uns setzen?« Er steuerte auf einen kleinen Bistrotisch zu. Die anderen Gäste standen in Gruppen herum, tranken Kaffee und unterhielten sich leise.

»Haben Sie denn Zeit?«, fragte ich und setzte mich.

»Natürlich«, sagte er und zeigte seine blendend weißen ebenmäßigen Zähne. »Ich bin ja auch daran interessiert, wie es zum Tod meiner Tante gekommen ist.«

»Kannten Sie Ihre Tante schon vorher oder haben Sie sie erst bei Ihrem jetzigen Besuch kennengelernt?«

Er schüttelte den Kopf. »Ich kannte alles nur aus den Erzählungen meiner Mutter. Sie hat ihre Heimat nie vergessen können. Ich glaube sogar, dass sie unter Heimweh gelitten hat.«

»Warum hat Ihre Mutter diesen Schritt gewagt, nach Amerika zu gehen? Sie war doch noch sehr jung und ungebunden. Vielleicht war es Abenteuerlust?«

»Das glaube ich nicht.« Er griff in seine Brusttasche, holte ein Foto heraus und hielt es mir hin. »Das ist meine Mutter als junge Frau. Das Foto wurde ungefähr ein Jahr nach ihrer Einreise gemacht.«

Seine Offenheit überraschte mich, deshalb fragte ich einfach drauflos. »Normalerweise ist es doch schwer, in Amerika einzureisen, ich meine dortzubleiben und arbeiten zu dürfen.«

»Da haben Sie recht, das ist ganz schwierig und viele werden auch wieder zurückgeschickt.« Er verstaute das Foto wieder. »Meine Mutter hat auf dem Schiff ein Ehepaar mit vier Kindern kennengelernt. Das war ein hochrangiger Beamter aus irgendeinem Ministerium, der für fünf Jahre in den USA arbeiten wollte. Während der Überfahrt hat sich meine Mutter um die Kinder des Ehepaares gekümmert. Und dann hat der Mann dafür gesorgt, dass sie mit der Familie nach

Vermont fahren und dort als Kindermädchen für sie arbeiten durfte.«

»Wie alt war Ihre Mutter damals?«

»Ich glaube neunzehn. Das war Anfang der Siebzigerjahre. Später hat sie meinen Vater kennengelernt und ist mit ihm nach Boston gezogen.«

»Und jetzt haben Sie die Gelegenheit genutzt, Ihre deutsche Familie kennenzulernen?«

»Ja, das auch. Meine Firma möchte in Skandinavien und in Norddeutschland eine Hotelkette etablieren. Ich war mit der Organisation betraut und so habe ich die Gelegenheit genutzt, um hierherzukommen.«

»Entschuldigen Sie bitte, ich möchte nicht zu neugierig erscheinen, aber hat Ihre Mutter jemals erwähnt, ob es einen bestimmten Grund gab für ihre Auswanderung? Zu dieser Zeit war das doch sicherlich schwieriger als heute, so ganz ohne Informationen aus dem Internet.«

Tom Davis sah sich um. »Ich hole uns mal etwas zu trinken.«

Wahrscheinlich waren ihm meine Fragen doch zu viel gewesen und jetzt versuchte er, sich elegant aus der Affäre zu ziehen. Emely, wo ist dein Gespür für Menschen?, meckerte ich mit mir selber und nahm lächelnd das Glas Saft an, das er mir wenig später reichte.

»Es gab einen Grund«, fuhr Davis fort, »aber sie hat ihn mir nie verraten, doch aus ihren Andeutungen konnte ich entnehmen, dass es etwas Schwerwiegendes war.«

»Könnte man sagen, sie ist geflüchtet?«

Er nickte. »Ja, es war sicherlich eine Flucht vor etwas.«

»Sie kennen die Geschichte mit den Diamanten, die Ihr Großvater aus Südafrika mitgebracht hat? Die ganze Familie ist davon überzeugt, dass sich die Steine immer noch in einem Versteck befinden.«

»Ja, die Geschichte kenne ich. Meine Mutter hat mir davon erzählt, aber ich weiß nicht, ob das wahr ist.« Er hielt kurz inne. »Dass meine Tante Wilma durch eine Überdosis Insulin zu Tode gekommen ist, ist sicherlich kein Zufall und hat meiner Meinung nach etwas mit dem ominösen Schatz zu tun.«

In diesem Moment wusste ich nicht, was ich sagen sollte, ohne unhöflich und allzu neugierig zu wirken. »Ich wünsche Ihnen eine schöne Zeit hier in Neuharlingersiel. Ihre Mutter hätte sich sicherlich gefreut, dass Sie hier in ihrem Geburtsort sind.«

Er starrte auf die Tischplatte und schien nicht gehört zu haben, was ich gesagt hatte. Sollte ich mich jetzt einfach verabschieden?

»Kurz bevor meine Mutter starb, hat sie mich aufgefordert, in ihre alte Heimat zu reisen, um selbst herauszufinden, was damals geschehen ist. Sie konnte und wollte nicht darüber sprechen. Vielleicht gelingt es mir, das aufzudecken, über das meine Mutter nicht sprechen konnte.«

Eine der Bedienungen war über ein Lautsprecherkabel gestolpert und ihr Tablett, vollbeladen mit Gläsern, fiel krachend zu Boden. Zwei Kolleginnen eilten herbei und beseitigten den Schaden.

Tom Davis und ich sahen eine Weile den Frauen zu. Eine hatte sich wohl an einem der Scherben geschnitten. Auf ihrer weißen Bluse prangte ein roter Blutfleck. Sie hielt ein Handtuch davor und folgte ihren Kolleginnen nach draußen.

»Haben Sie noch Geschwister?«, nahm ich das Gespräch wieder auf.

»Entschuldigung«, murmelte er, »ich habe gerade nicht zugehört. Was sagten Sie eben?«

»Ob Sie noch Geschwister haben?«

»Nein«, schüttelte er den Kopf, »ich bin ein Einzelkind und wurde dementsprechend verwöhnt.« Er deutete ein leichtes Lächeln an.

Jaspers Schwestern Wilma und Gudrun waren tot. Blieb er als einziger Erbe übrig. Vorausgesetzt, die Diamanten tauchten irgendwann noch auf. Jasper van Gerpen hatte auf mich einen ehrlichen und offenen Eindruck gemacht, aber sicher konnte ich mir nicht sein. Vielleicht tat er nur so freundlich und harmlos?

Tom spielte mit einem Kugelschreiber und schien in Gedanken versunken. Ich räusperte mich und schob mein Glas mit Saft hin und her.

»Hat Ihre Mutter etwas aus ihrer Kindheit erzählt?«, sprach ich ihn an.

»Nur von dem alten Haus, in dem sie aufgewachsen ist. Ihr Vater war ziemlich streng und hat mit seinem angeblichen Vermögen angegeben.«

»Ihren Onkel Jasper haben Sie schon kennengelernt?«

Er nickte. »Ich war kurz in seinem Haus und habe mit ihm geredet. Er ist ziemlich plötzlich aufgebrochen und hat etwas von einem Behördengang gemurmelt. Seine Frau hat sich eine Weile mit mir unterhalten. Sie war froh, mal wieder in ihrer Muttersprache sprechen zu können.«

»Ja, ich habe Mary auch kennengelernt, eine sympathische Frau.«

»Frau Petersen, Roswitha hat mir gesagt, dass Sie sich gerne mit ungeklärten Dingen befassen und hier in Neuharlingersiel bestens bekannt sind.«

»Nun ja«, entgegnete ich ein wenig verlegen, »ich bin hier geboren und aufgewachsen. Von daher …«

»Es muss damals etwas Entscheidendes geschehen sein, das meine Mutter veranlasst hat, Deutschland zu verlassen. Sie hat ihr ganzes Leben lang ein Geheimnis mit sich herumgetragen. Ich muss wissen, was das war. Könnten Sie mir eventuell dabei helfen?«

Erfreut nickte ich, denn jetzt hatte ich sowas wie einen offiziellen Auftrag.

9

»Und heute Morgen ist er selbst drüber gefallen«, sagte Netti und sah triumphierend in die Runde. »Ich habe es Horst vorausgesagt, dass er sich eines Tages den Hals bricht, wenn er seine Schuhe immer im ganzen Haus herumstehen lässt.«

»Gott sei Dank bin ich von diesem Laster befreit«, lächelte Franziska. »Als geschiedene Frau kann ich machen, was ich will.«

Tabea lachte auf. »Meine Liebe, du wärst doch sicher froh, wenn du einen Kerl zu Hause hättest, der seine Puschen in deiner Wohnung herumliegen lässt.«

Die Teeschwestern waren wieder in voller Fahrt. Ich saß am Tisch der Damen und hielt die ganze Zeit Roswithas Gästeliste von Wilmas Geburtstagsfeier in der Hand. Sie hatte mir geholfen, ein paar Namen von der Liste mit einem Fragezeichen zu versehen, nämlich die, die nur sporadisch mit Wilma und Gernot Kontakt hatten. Wobei ich mich fragte, warum das Ehepaar Dirksen die entfernten Bekannten überhaupt eingeladen hatten. Roswitha meinte, dass Wilma an einem größtmöglichen Publikum gelegen sei, damit sie sich als Hausherrin und quasi Oberhaupt der Familien van Gerpen und Dirksen präsentieren konnte.

»Könnt ihr bitte mal kurz zuhören?«, bat ich die wild durcheinanderredenden Freundinnen. »Es geht auch ganz schnell.«

Hedwig hob ihre Hand. »Jetzt konzentriert euch doch mal. Emely hat was auf dem Herzen.« Sie sah mich an und lächelte. »Wie können wir dir helfen?«

»Ihr wisst ja, dass ich dabei bin, ein paar Informationen über Wilmas Tod zusammenzutragen.« Ich hielt meinen Zettel hoch. »Ich habe hier eine Gästeliste von Wilmas Feier. Alle Leute kenne ich nicht so gut und kann sie schlecht einschätzen. Vielleicht könntet ihr …?«

Weiter kam ich nicht. Alle vier Frauen beugten sich vor und versuchten, einen Blick auf das Blatt Papier zu erhaschen.

»Mach schon«, forderte mich Netti auf. »Wer steht da alles drauf?«

»Also hier zum Beispiel … Margarethe Olsen. Der Name ist mir jetzt persönlich kein Begriff.«

»Olsen?«, überlegte Hedwig und legte ihren Zeigefinger auf ihre Lippen.

»Meinst du vielleicht Meggie Olsen?« Tabea sah in die Runde. »Die ist doch mit Wilma befreundet gewesen. Dass die Margarethe heißt, wusste ich nicht.«

»Ich kenne sie nicht näher«, sagte meine Schwiegermutter, »nur dem Namen nach. Ich glaube, ihre Tochter arbeitet bei der Kurverwaltung. Kann das sein?«

Hedwig nickte. »Margarethe hat letztes Jahr eine künstliche Hüfte bekommen. Ihre Tochter hat sie regelmäßig zur Krankengymnastik gefahren.« Sie strich sich über ihre rechte Hüfte. »Ich müsste auch mal einen Termin bei meinem Orthopäden …«

»Hedwig, jetzt nicht«, zischte Franziska und zuppelte ihre Frisur zurecht. »Wen hast du noch auf dem Zettel?«

Insgesamt waren es fünf Namen von Frauen, die Roswitha als vorrangig angesehen und mir empfohlen hatte, mich als Erstes mit denen zu befassen, denn die Wahrscheinlichkeit, dass ich mehr über Wilma und ihre Familie erfahren würde, wäre da am größten.

»Dann habe ich noch Bekki und Jana Winterboer.« Ich sah hoch. »Das sind doch die beiden Schwestern, die in dem Kegelclub waren, der immer donnerstags beim Friesenwirt gekegelt hat. Selma hat mir mal davon erzählt.«

»Stimmt«, nickte Tabea. »Ich war da auch mal kurz in dem Club, aber wegen meiner Knie …« Sie winkte ab. »Wilma hat da ordentlich mitgemischt und auch hin und wieder die Spielregeln eigenmächtig geändert. Später hat sie sich abgemeldet, weil sie mit allen Kegeldamen über Kreuz lag. Sie wollte sicherlich einem Rauswurf zuvorkommen. Ich wusste gar nicht, dass die beiden noch mit Wilma Kontakt hatten.«

»Das sieht Wilma ähnlich«, sagte Netti. »Die hat sich die jeweiligen Freunde und Bekannte je nach Gemütslage warmgehalten. Ich sag ja, die Gute war sehr launisch und fing gerne Streit an. Und Bekki und Jana? Mein Gott, die habe ich schon ewig nicht mehr gesehen.« Sie deutete auf das Blatt Papier in meiner Hand. »Hast du noch was?«

»Ja, da steht noch Johanne Bokhoff, eine ehemalige Krankenschwester. Eine engere Freundin von Wilma. Soviel ich weiß, sind Wilma und Johanne auch mehrmals zusammen in Urlaub gefahren.«

»Johanne kenne ich ganz gut«, verkündete Franziska nicht ohne Stolz, endlich auch mal einen interessanten Beitrag von sich geben zu können. »Sie war nie verheiratet und hat früher in einer Kurklinik gearbeitet.«

»Das ist ja bemerkenswert.« Tabea sah uns mit großen Augen an. »Dann kennt sie sich ja mit dem Insulinzeugs aus. Wenn sie damit nicht mal Unsinn gemacht hat.«

»Das sind ungerechtfertigte Verdächtigungen«, mahnte Netti, »es gib keinerlei Beweise.«

»Ich mein ja nur …«, entgegnete Tabea. »Vielleicht hatte sie Ärger mit Wilma und hat in einem unbedachten Augenblick dafür gesorgt … na, ihr wisst schon.«

»Das glaube ich nicht«, wandte Franziska ein. »Johanne ist kein streitsüchtiger Mensch. Im Gegenteil, sie geht allem aus dem Weg. Sie hat genug um die

Ohren. Sie kümmert sich seit Jahren um ihre ältere Tante, die schon ganz schön hinfällig ist.«

»Wie alt ist Johanne denn?«, fragte ich nach.

»Warte kurz …«, überlegte Franziska. »Sie müsste auch so um die siebzig sein und Tante Mia ist schon über neunzig und nicht mehr so fit.«

Das Café füllte sich zusehends und ich musste Leevke unterstützen. »Wenn ich noch Fragen habe, wende ich mich vertrauensvoll an euch«, versprach ich und verließ den Tisch des Quartetts.

Es war viel los an diesem Nachmittag. Drei amerikanische Herren kamen herein, bestellten sich Ostfriesentee und dazu Brownies. Anschließend ließen sie sich noch vier Stück einpacken, um, wie der eine der Männer mir in radebrechendem Deutsch zu vermitteln versuchte, den Kollegen eine Freude zu bereiten.

Gegen Abend erschienen noch unsere beiden Ortspolizisten. Sigi hatte sich rotblonde Strähnchen machen lassen und behauptete, dass ihn das um mindestens zehn Jahre jünger erscheinen lassen würde. Harm trank missmutig seinen übersüßen Kaffee und schüttelte nur unwillig mit dem Kopf, als ich ihn nach eventuellen Neuigkeiten fragte.

Meinen Plan, Gernot Dirksen einen Besuch abzustatten, musste ich notgedrungen auf den nächsten Tag verschieben.

10

Der Witwer öffnete mir die Tür und ließ mich mit einem kurzen Kopfnicken eintreten. Um ihn nicht zu überfallen, hatte ich mich telefonisch angekündigt.

»Komm rein«, bat er mich und schlurfte vor mir her in die große Küche. »Setz dich«, sagte er und deutete auf ein elegantes, rot-weiß gestreiftes Ostfriesensofa. »Ich mach mal Tee.«

»Danke. Das ist nett.«

Während er Wasser aufsetzte und den Teetisch deckte, sah ich mich unauffällig um. Die Einbauküche entsprach der neuesten Mode, dunkle, fast schwarze Oberflächen und versenkte Griffe. »Eure Küche ist noch nicht alt?«

»Nee«, grummelte Gernot, während er Teetassen aus einem Schrank nahm. »Wilma hat sie vor vier Wochen bestellt. Ein Messestück. Sonst hätte es ein halbes Jahr gedauert, bis sie lieferbar gewesen wäre.« Er stellte mit einer heftigen Bewegung ein Kännchen mit Teesahne auf dem Tisch ab und sah mich an.

»Du kanntest ja Wilma. Alles musste immer schnell

gehen und möglichst hochwertig sein.« Als ob er die Küchenmöbel noch nie gesehen hätte, ließ er seinen Blick schweifen. »Ich finde das alles hier potthässlich.« Er seufzte. »Wie gemütlich war das früher hier.«

So gut kannte ich Wilma nicht und wusste nicht, welchen Geschmack sie diesbezüglich hatte. Ich sah mich noch einmal um. »Sieht aber wirklich edel aus«, bemerkte ich, um den Witwer ein wenig milde zu stimmen.

»Vorher war das alles schöner. Die Holzküche hatte sowas Heimeliges. Nicht so wie die da … Sieht ein bisschen aus wie in einem Direktorenbüro.«

Ich musste lachen. »Ja, da hast du wohl recht. Und wie geht es dir?«

Er stellte die Teekanne auf das Stövchen und setzte sich. »Na ja, wie soll's schon gehen? Die Polizei schnüffelt überall herum und befragt alle Gäste, die am Vorabend von Wilmas Tod hier waren. Das nervt. Nimmst du Kluntje?«

»Gerne.«

Mit einer kleinen silbernen Zange ließ er ein Kluntje in meine Tasse fallen und übergoss ihn mit dem heißen Tee. Mit einem kleinen Löffel gab er ein wenig Sahne auf meinen Tee, in dem er dann mit dem Löffel gegen den Uhrzeigersinn am Rand entlangfuhr.

Die Ostfriesen legen auf diese Vorgehensweise wert, denn dies bedeutete, dass man gerne die Zeit anhalten wollte, um in Ruhe sein Kopke Tee zu trinken. Netti hingegen behauptete immer, ein Tag hätte auch in Ostfriesland nur vierundzwanzig Stunden, egal wo die Sahne entlanglaufen würde.

Gernot sah mitgenommen aus, war aber sichtlich bemüht, halbwegs entspannt zu wirken.

»Wie geht es deinen Töchtern? Kommen sie zurecht?«

»Es gab schon wieder Streit«, seufzte er. »Es ging um eine Decke, die auf dem Esstisch liegt.«

Ich hatte schon mitbekommen, dass die beiden Schwestern wie Feuer und Wasser waren. Franzi, die hübschere und jüngere der beiden, war eine erfolgreiche Ärztin und glücklich mit einem Kollegen verheiratet. Während Maren eher unscheinbar war, ohne Mann und Kinder in einer Wohnung direkt am Hafen wohnte und ihr Geld als Büroangestellte im Arbeitsamt verdiente.

»Wegen einer Decke streiten sich die beiden?«, fragte ich verwundert nach.

»Die beiden gönnen sich nicht das Schwarze unter dem Fingernagel. Du kannst dir nicht vorstellen, was sich hier für Dramen abgespielt haben, wenn Wilma mit ihren Töchtern herumgezetert hat.«

»Es gab viel Ärger?«

Gernot schien froh über meinen Besuch und die willkommene Abwechslung zu sein, denn mit keinem Wort hinterfragte er den Grund dafür.

»Ich muss mich berichtigen«, erklärte Gernot, »eigentlich hat Wilma mehr mit Maren gestritten. Ich fand das ziemlich ungerecht. Wenn ich mir das so recht überlege …« Er lehnte sich zurück und schloss die Augen. »Wilma hat alles darangesetzt, dass Franzi studieren konnte, und hat sie mit allem unterstützt. Fresspakete nach Hamburg geschickt und so. Sie hat dafür gesorgt, dass unsere Tochter nicht im Studentenwohnheim wohnen musste, sondern in einer kleinen Wohnung am Stadtrand leben konnte.«

»Das war doch sicherlich ziemlich teuer?« Ich ging davon aus, dass die Mietpreise in Hamburg auch schon vor Jahren gepfeffert waren.

»Tja …«, seufzte Gernot, »ich habe zwar gut verdient, aber manchmal war es doch ganz schön eng. Das Haus war noch nicht abbezahlt. Meine Frau konnte gut wirtschaften, aber für Franzi und ihren eigenen Kopfschmuck war ihr nichts zu teuer.«

»Meinst du die Perücken?«

»Echthaar musste es sein und die kosten eine Stange Geld.« Er rieb seinen Daumen und Zeigefinger aneinander. »Und eine oder zwei haben ja nicht gereicht …« Er hielt abrupt inne. »Entschuldige bitte, ich wollte jetzt nicht so schlecht über Wilma reden, aber manchmal kommt es hoch und dann muss ich meinen Ärger rauslassen.«

»Ich kann das gut verstehen«, sagte ich, »damals, als Gero verunglückt ist, war ich auch manchmal wütend auf ihn, weil er mich und die Kinder einfach so alleine gelassen hat. Ich glaube, das ist ganz normal und es geht vielen Hinterbliebenen so.«

»Gut, dass du das sagst«, bedankte er sich, »ich habe mich schon vor mir selbst geschämt.«

»Das brauchst du wirklich nicht«, versuchte ich ihn zu trösten. »Erzähl mir doch was über Maren, wenn du magst. Wie geht sie mit der ganzen Sache um?«

Er zuckte mit den Schultern. »Keine Ahnung. Meine älteste Tochter hat sich noch nie ausführlich mitgeteilt. Sie kam selten hier vorbei, obwohl es nur ein paar Schritte sind. Sie lebt ziemlich zurückgezogen.«

»War sie schon immer so in sich gekehrt?«

Maren Dirksen war fast zehn Jahre jünger als ich und somit hatten wir keinerlei Berührungspunkte, wie Schule oder Verein.

Gernot füllte unsere Teetassen erneut. »Warte, ich habe sogar noch ein paar Butterplätzchen.« Er wollte aufspringen.

»Nein, lass mal. Tee ist genug.«

»Nun gut.« Er setzte sich wieder bequem hin. »Maren ist eigentlich die Schlauere der Mädchen. Franzi musste sich alles hart erarbeiten, während Maren alles nur so zuflog. Die Schule hat sie im Schnelldurchlauf durchgezogen. Ihr fiel das Lernen leicht. Französisch und Englisch, sie war perfekt darin. Maren wollte eigentlich Fremdsprachenkorrespondentin werden. Gut, sie war etwas unbeholfen im Umgang mit anderen Menschen, mehr so in sich gekehrt. Wilma hat dann solange gedrängelt, bis sie eine

Ausbildung als Bürokauffrau gemacht hat. Meine Frau war der Ansicht, dass die große weite Welt nichts für Maren sei. Ihr fehle das nötige Rückgrat, behauptete sie. Und jetzt sitzt Maren in der Behörde und arbeitet Akten ab, dabei hätte sie das Zeug gehabt zu etwas ganz Großem.«

»Vielleicht wollte sie das im Grunde genommen gar nicht so sehr und hat sich deshalb gerne überreden lassen, von ihrem eigentlichen Plan Abstand zu nehmen?«

Gedankenvoll wiegte er den Kopf hin und her. »Da bin ich mir nicht ganz sicher. Maren ist nach meiner Meinung wirklich sehr intelligent, aber sie hätte zuerst die Widerstände von Wilma brechen müssen, um sich dann ihrem eigentlichen Berufswunsch hinzugeben. Nein, meine Frau wollte das augenscheinlich nicht und hat alles darangesetzt, Maren in der Verwaltung unterzubringen.«

Nachdenklich sah er zum Fenster und schüttelte kaum merklich den Kopf.

Ich wusste gar nicht, was ich sagen sollte. Ich konnte mir nicht vorstellen, eines meiner Kinder zu unterstützen und das andere Kind total auszubremsen.

»Das Verhältnis von Wilma zu ihren Töchtern, besonders zu Maren, war nicht immer einfach«, sprach Gernot plötzlich weiter. »Ich habe eine Vermutung, warum das so war, bin mir aber nicht sicher.«

»Was meinst du denn damit?«

»Es ist nämlich so …«, begann der Witwer und wurde jäh von Telefonklingeln unterbrochen. Gernot sprang auf und nahm das Gespräch an. Er sprach kurz mit jemandem. Mit dem Hörer in der Hand betrat er die Küche. »Du musst mich entschuldigen, Emely, das ist der Mann von der Versicherung, und das dauert länger.«

»Das macht doch nichts. Ich habe dich ja schon lange genug aufgehalten.«

Gernot nickte mir noch freundlich zu, als ich zur Haustür ging.

Nachdem die schwere Holztür hinter mir ins Schloss gefallen war, stand ich da und grübelte, welchen Grund es für eine Mutter geben könnte, ihre beiden Töchter so unterschiedlich zu behandeln. Und dann dieser ominöse Satz von Gernot, dass er eine Ahnung hätte, was der Grund für Wilmas Verhalten ihren Töchtern gegenüber wäre. Aber das würde ich zu gegebener Zeit herausbekommen, da war ich mir ganz sicher.

11

Am nächsten Morgen rief ich Bertus an, den ich im Wartezimmer seines Urologen erreichte.

»Warte, ich gehe kurz in den Flur«, flüsterte er. Ich konnte ihn kaum verstehen. Es knackte ein paarmal in der Leitung, Sprachfetzen drangen an mein Ohr.

»Jetzt geht's Emely«, meldete sich der ehemalige Kommissar in normaler Lautstärke. »Ich kann dir aber nichts Neues sagen.«

»Ist denn bei den Befragungen nichts herausgekommen?«, wollte ich wissen, »immerhin waren ja eine Menge Gäste auf der Party. Da muss doch jemand was gesehen haben?« Eine gehörige Portion Frustration machte sich in meinem Kopf breit.

»Mehr kann ich dir nicht sagen, aber ich melde mich, wenn ich was weiß. Ich bin jetzt dran. Bis dann.« Das Gespräch war beendet.

Ich konnte ihm noch nicht mal mitteilen, dass mich Tom Davis offiziell beauftragt hatte, den Mörder seiner Tante zu suchen. Also nicht so richtig beauftragt. Schließlich bekam ich kein Geld von ihm, aber immerhin agierte ich im Moment nicht unter der

Rubrik ›neugierige Ziege‹.

Wie aufs Stichwort meldete sich Tom Davis auf meinem Handy. »Frau Petersen, ich hätte …«

»Emely bitte und du«, unterbrach ich ihn. Tom war eine ganze Ecke jünger als ich. Ich kam mir in Gegenwart eines weltoffenen Amerikaners wie eine Landpomeranze vor. Vor allem, wenn er mich ›Frau Petersen‹ nannte.

»Okay Emely.« Ich hörte förmlich, wie er grinste. »Hättest du Lust, mich zu meinem Onkel Jasper zu begleiten? Ich möchte ein wenig mehr über meine Mutter wissen. Ich habe mich schon mal kurz mit ihm unterhalten, aber ich möchte noch mehr wissen.«

»Sehr gerne«, entgegnete ich erfreut. Das war eine gute Gelegenheit, die Giftbude und seine Bewohner noch einmal in Augenschein zu nehmen. »Wann wolltest du dahin?«

»Ich dachte so am frühen Abend. Dann sind wir hier mit unserem Tagespensum durch. Hättest du Zeit?«

»Das passt«, freute ich mich. »Am besten wir treffen uns gegen fünf bei Jasper?«

»Abgemacht. Bye.«

Die Amerikaner waren wirklich unkompliziert. Oder war dies Oberflächlichkeit? Wahrscheinlich war da drüben nicht alles bis ins Letzte geregelt und in irgendwelchen Verordnungen festgetackert wie bei uns.

Teelse hatte gerade ihre Putzaktion beendet, als ich

nach unten kam. »Emely, wir sollten mal über neue Tischdecken nachdenken.«

Sie zeigte auf einen Berg Schmutzwäsche. »Das ist alles schon ganz schön ausgewaschen.«

Ich sah mir die Tischdecken genauer an. »Ja, du hast recht. Aber wo bekommen wir solche mit diesem maritimen Muster her? Ich habe sie mir damals aus Oldenburg schicken lassen. Die Firma gibt es nicht mehr.«

»Ich hab's«, rief unsere Putzfee, »meine Schwester. Die könnte ein paar Decken nähen. Du musst nur den Stoff bestellen und dann geht's los.«

»Super Idee«, meinte ich, »lass uns gerade ausmessen, wie viel Stoff wir brauchen.«

Selma stand plötzlich in der Tür. »Was macht ihr denn hier?«

»Wir messen was aus«, informierte ich die Endsechzigerin, »für ein paar neue Tischdecken.«

»Dann komm mal in die Küche. Da kannste auch gleich was ausmessen.«

»Ist was kaputt?«

»Nee«, schüttelte sie den Kopf. »Komm.«

In der Küche holte sie einen Zollstock aus der Schublade, klappte ihn auseinander und stellte ihn hochkant auf die Arbeitsplatte. »So hoch soll die Hochzeitstorte werden.«

Sie hielt ihren Zeigefinger auf die Zahl 65.

»Welche Hochzeitstorte?«

»Von meiner Nichte. Sie heiratet in einer Woche

und will die Torte bei uns bestellen.«

»Und die Torte soll so mächtig werden?« Ich fand das ein wenig überdimensional. Schließlich waren wir ja nicht in Hollywood, wo die breit grinsenden Schauspieler ihre monströsen Hochzeitstorten anschnitten.

»Und warum so hoch?«

Selma knickte den Zollstock wieder ein, richtete ihre Kittelschürze und schnaubte verächtlich. »Weil der Zukünftige meiner Nichte ein Angeber ist.« Sie beugte sich nach vorne. »Das ist so ein ganz Schmächtiger. Spindeldürr und leichenblass«, stänkerte sie und nickte vielsagend. »Er hat sich sogar Schuhe mit Plateausohlen anfertigen lassen, damit er größer wirkt. Meine Nichte sagt, er isst nichts vom Discounter, alles muss Bio sein.«

»Ist er denn so wohlhabend? Das Biozeugs ist doch ganz schön teuer.«

Selma zuckte mit den Schultern. »Keine Ahnung, aber meine Nichte ist verrückt nach ihm.«

»Ist das mit der Torte denn machbar?«

»Klar, wenn ich es richtig anstelle, aber das kostet ihn eine Stange Geld, darauf kann er Gift nehmen.«

Auch ich war im Bereich der Kuchenbäckerei kein unbeschriebenes Blatt, aber Selma war eine Meisterin ihres Fachs. »Das überlasse ich ganz dir, Selma. Du bekommst das hin.«

Gerade hatte ich mich widerstrebend meiner Büroarbeit zugewandt, als Elaine hereinstürmte.

Mit einem heftigen Schub schloss sie die Bürotür

und ließ sich auf einen Stuhl fallen. »Mann ist das heiß heute.« Sie fuhr sich mit der flachen Hand über die Stirn.

»Wieso heiß? Wir haben gerade mal zwölf Grad, ein bisschen kühl für Mitte Mai.«

»Mir läuft das Wasser den Rücken runter«, stöhnte sie weiter. »Ich könnte mich nackt ausziehen.« Mit spitzen Fingern hob sie ihren grellgrünen Leinenrock hoch. »Vielleicht ist der zu warm, dabei hatte ich ihn mir extra für dieses Frühjahr gekauft.«

»Und nachts schwitzt du auch wie verrückt und musst dich ans offene Fenster stellen, um dich ein wenig abzukühlen?«

Erstaunt sah sie mich an. »Woher weißt du das?«

»Deine Beschwerden haben nichts mit deiner Kleidung zu tun, sondern mit deinen Hormonen.«

»Meinst du?«

»Meine ich«, behauptete ich. »Mit Mitte fünfzig bist du ohnehin spät dran.«

»Das hat schon alles seine Richtigkeit«, gab sie zu, »bis vor vier Wochen habe ich auch Hormone eingenommen, aber meine Frauenärztin hat mich aufgeklärt, dass das nicht das Optimale ist.«

»Das habe ich auch mal gelesen. Willkommen im Club«, grinste ich und schob ein paar Papiere zusammen. »Du gewöhnst dich dran. Irgendwann sind die Wechseljahre ja vorbei.«

»Ja, genau«, empörte sie sich, »und dann bin ich

verschrumpelt und werde alt. Dann ist alles zu spät.«

»So schlimm ist es auch nicht«, versuchte ich sie zu trösten.

Elaine lamentierte noch eine Weile über den Verlust ihrer Fortpflanzungsfähigkeit. »Ich wollte ja nie Kinder, aber ich hätte gekonnt, wenn ich gewollt hätte …«

Nach einer Weile hatte sie sich beruhigt und schmiedete schon wieder Reisepläne.

Den Rest des Nachmittags arbeitete ich ungestört, wobei ich doch zwischendurch mit aufgestütztem Kopf überlegte, welche unerfreulichen Tatsachen die Familie van Gerpen vor ihrer Umwelt verbarg.

Tom wartete schon vor der Tür der Giftbude, als ich mit meinem Fahrrad ankam. »Bin ich zu spät?«

»Nein, um Gottes willen, ich war zu früh«, erklärte er und drückte die Klinke der Tür herunter.

»Zu.«

»Hast du Jasper vorher angerufen?«

»Nein, ich dachte, ich geh einfach so hin. Ist ja schließlich Familie.« Er klopfte heftig an die Tür. Es rührte sich nichts.

Einen Moment standen wir unschlüssig herum. »Komm, wir gucken mal hinters Haus.«

Tom nickte und folgte mir über den gepflasterten Weg an der Seite des Hauses entlang zum rückwärtigen Teil des Gebäudes. Das Scheunentor war weit geöffnet, Mary und Jasper saßen auf einer Holzbank hinter einem Tisch und tranken Rotwein.

»Da können wir ja lange klopfen«, sagte ich und reichte Mary die Hand.

»Setzt euch«, nuschelte Jasper und holte ungefragt zwei weitere Rotweingläser aus einer Art Picknickkoffer, der neben ihm auf dem Boden stand. »Wir genießen unseren freien Tag.«

»Hast du heute geschlossen?«, wollte ich wissen und nahm neben Jaspers Frau Platz.

Der Wirt füllte unsere Gläser. »Heute bleibt die Giftbude zu und wir machen uns einen schönen Abend.«

Er prostete uns zu und ich trank seit gefühlten hundert Jahren nachmittags um fünf Uhr Rotwein.

Jasper erzählte uns in ausschweifenden Worten von seinen Plänen, die Scheune auszubauen und sein Lokal zu erweitern. »Die vielen Touristen, die mit dem Fahrrad vorbeikommen, bringen gutes Geld und sitzen gerne mal eine Weile bei uns und lassen es sich gut gehen.«

»War hier immer schon eine Kneipe drin?«, wollte Tom wissen. »Meine Mutter hat nie etwas davon erwähnt.«

Jasper schüttelte den Kopf. »Wir hatten früher ein paar Schafe und Hühner. Meine Mutter hat Schafskäse gemacht. Das war ganz schön viel Arbeit. Vorne im Haus haben wir gewohnt. Das war nicht so komfortabel wie heute mit Zentralheizung und so. Nix da, wir Kinder mussten das Holz aus dem Schuppen holen und die Öfen heizen.«

»Heute ist das ja einfacher«, stellte ich fest, »einmal am Knopf gedreht und schon ist das Zimmer warm.« Mein Gehirn schwankte ein wenig, aber der Wein war wirklich lecker. Ein wohliges warmes Gefühl überkam mich.

Wie von Zauberhand stand plötzlich eine Käseplatte und ein Korb mit frischem Schwarzbrot auf dem Tisch.

»Meine Mutter hat nie viel über ihre Heimat gesprochen. Leider«, seufzte Tom, »sie ist meinen Fragen immer ausgewichen. Wie war das denn hier so, als ihr noch Kinder wart?«

Jasper trank einen Schluck Wein, lehnte sich dann zurück. »Ganz normal wie in jeder Familie. Ich war ja fünf Jahre älter als deine Mutter, somit habe ich nie viel von ihr mitbekommen. Mit wem sie befreundet war und so … das Gleiche gilt für Wilma.« Er lachte. »Ich habe die beiden immer als Zicken empfunden, vor allem, wenn sie sich stritten.«

»Ich kann mir gar nicht vorstellen, dass meine Mutter streiten konnte.« Tom hielt Mary sein Glas hin und diese füllte es abermals. »Ihr ganzes Leben war sie … wie soll ich sagen, stumm, ja stumm ist das richtige Wort. Sie hat zwar geredet, aber nur, was unbedingt sein musste.«

»Ihr müsst auch etwas essen«, forderte uns Mary auf und sah uns lächelnd an. Bis dahin hatte sie noch kein Wort gesagt. »Sonst steigt euch der Wein auf den Kopf.«

»In den Kopf«, berichtigte Jasper und streichelte liebevoll die Hand seiner Frau.

»Ja, Tom«, wandte er sich wieder seinem Neffen zu, »Gudrun war früher auch nicht so gesprächig, dafür hat Wilma immer das große Wort geschwungen. Sie hat deiner Mutter oft die Sachen weggenommen, an denen ihr etwas lag. Schokolade und solche Sachen. Einmal hat sie ihr die fast neuen Kniestrümpfe gemopst, die Gudrun zu ihrem Geburtstag bekommen hatte. Das war vielleicht ein Theater. Wilma hatte sie unter dem Holzstapel im Schuppen versteckt. Erst im Frühjahr sind die Strümpfe wieder aufgetaucht, bis dahin hatte Wilma jegliche Schuld von sich gewiesen. Aber unter Androhung von drastischen Strafen hat sie es dann doch zugegeben. Ich kann euch sagen, meine Schwester Wilma war ...«

»Jasper, nicht«, unterbrach Mary ihren Mann, »man soll über Tote nichts Böses sagen.«

»Das kann ja sein, aber Wilma war böse, sehr böse«, stieß er hervor und stampfte mit dem Fuß auf. »Und ehrlich gesagt wundert es mich nicht, dass jemand diesem Giftzwerg das Licht ausgeblasen hat.«

Jasper ruderte jetzt total aufgeregt mit den Armen herum. Er stieß dabei sein Weinglas vom Tisch. Auf dem Steinboden bildete sich eine rote Lache, die sich in mehreren Rinnsalen auf den Rand eines Blumenbeets zubewegte.

Gegen neun Uhr rief Jasper ein Taxi, welches mich, leicht angetüdelt, nach Hause brachte.

12

Am nächsten Morgen, mein Sohn deutete mein Katergesicht sofort richtig, saß ich mit einem Kopf so groß wie ein Medizinball in der Küche und trank meinen Kaffee.

»Und wie war das mit dem Alkohol, Mama?«, grinste er und genoss sichtlich den Anblick seiner angeschlagenen Mutter.

»Ja, ja … ich weiß«, murmelte ich und dachte an den vergangenen Abend. Jasper hatte auf mich nicht den Eindruck gemacht, dass er seine Schwester Wilma so sehr hasst, dass er ihr das Leben nehmen würde. Die Bemühungen der Verblichenen, die Diamanten in dem alten Haus zu finden, hatte er ja eher mit einem Schmunzeln beobachtet.

Ich sah zu, wie sich mein Sohn zum Frühstück ein paar Rühreier zubereitete. Es roch lecker, aber essen konnte ich nichts, mein Magen war wie zugeschnürt.

»Du liebe Güte, was haben sie denn mit dir gemacht?«, rief Selma, als ich in ihre Küche kam. »Du siehst ja aus, als hätte man dich mit dem Klammerbeutel gepudert.«

Diese Bemerkung über mein elendes Aussehen hob nicht gerade meine Laune.

»Ich war gestern bei Jasper in der Giftbude. Der Amerikaner wollte, dass ich ihn begleite. Also Tom Davis … seine Mutter war Gudrun van Gerpen.«

»Ja, ich weiß«, sagte Selma und nahm aus dem Kühlschrank eine Packung mit Eiern. »Ich war mit Gudrun früher im Turnverein.«

Sie stellte den Eierkarton ab, stemmte beide Hände in die Hüften und bewegte ihren Oberkörper in kreisenden Bewegungen. »Hättest du nicht gedacht, was?«, grinste sie. »Auf dem Schwebebalken war ich ein Ass, sowas hast du noch nicht gesehen.« Sie wurde wieder ernst. »Heute würde der Balken wahrscheinlich unter mir zusammenkrachen.«

»Und wie war Gudrun so?« Gut, dass ich eine Kopfwehtablette eingenommen hatte. Das Klopfen an meine Schädeldecke war ja fast nicht auszuhalten. Ich schwor mir, in Zukunft um Rotwein einen großen Bogen zu machen.

»Gudrun?« Selma dachte einen Moment nach. »Also, ich will das mal so beschreiben. Was ich an einem Tag geredet habe, das hat Gudrun im ganzen Jahr nicht geschafft. Verstehst du, was ich meine?«

»Ja, so ähnlich hat das ihr Sohn auch gesagt.« Mit den flachen Händen bearbeitete ich meine Schläfen.

»Warte mal.« Selma nahm aus dem Kühlschrank eine Flasche Milch und füllte damit ein Glas. »Hier, trink das. Das hilft. Fridjof schwört drauf.«

In einem Zug lehrte ich das Glas. »Zumindest geht es meinem Magen jetzt besser.«

Selma grinste und gab mir einen Teller mit zwei Stücken von dem frischen Friesenstrudel. »Nimm das mit an deinen Schreibtisch.«

»Danke«, murmelte ich und ging ins Büro. Und tatsächlich. Mit Appetit vertilgte ich eine Stunde später die Köstlichkeit und überlegte, was ich nun in Sachen Wilma unternehmen könnte.

Roswitha … ja, die würde mir weiterhelfen können. Ich erreichte sie auf ihrem Handy.

»Ich bin im Hotel, aber habe gerade Frühstückspause«, informierte sie mich. Es knackte in der Leitung. Wahrscheinlich aß sie gerade wieder eine Scheibe Knäckebrot mit Magerquark.

»Ich war vor zwei Tagen bei Gernot Dirksen«, erzählte ich und hörte klar und deutlich, wie das Knäckebrot zwischen Roswithas Zähnen auseinanderbrach.

»Und wie geht's ihm?«

»Ganz gut glaube ich. Er hat mir erzählt, dass seine Tochter Maren und Wilma kein so gutes Verhältnis hatten. Und dann sagte er noch, dass er so eine Ahnung hätte, warum das so war. Weißt du etwas?«

»Nö …« Sie hustete. »Die Krümel … da hängt einer …«

»Soll ich später noch mal …«

»Nee, lass mal, geht schon wieder.« Sie raschelte mit Papier. »Du, ich muss wieder … Was hast du denn jetzt vor? Ich meine wegen der Gästeliste.«

»Die Freundinnen von Netti haben mir ein paar Sachen erzählt. Ich werde jetzt einfach die Damen eine nach der anderen aufsuchen. Mal sehen, was ich erfahre.«

»Ja, mach das und melde dich, ja?«

»Mach ich.«

Anschließend nahm ich mir meine Notizen vor. Wo sollte ich anfangen? Bei den beiden Schwestern, die zusammen mit Wilma gekegelt haben? Nein, lieber erst die ehemalige Krankenschwester Johanne Bokhoff. Das klang vielversprechender.

Blieb die Frage: erst anmelden oder lieber ohne vorherigen Telefonankündigung bei Johanne auftauchen? Besser mit Voranmeldung, entschied ich aus dem Bauch heraus und suchte mir die Nummer aus dem Telefonbuch heraus.

Es meldete sich eine dünne Stimme. »Bokhoff?«

»Entschuldigen Sie bitte die Störung. Mein Name ist Emely Petersen. Ich würde gerne mit Johanne sprechen.«

»Die ist nicht da«, erklang es kaum hörbar an mein Ohr. Das war sicher Johannas Tante Mia.

»Wann ist sie denn da?«

»Spätestens zur Teezeit, die lässt Johanne nie verstreichen. Sie trinkt ihren Tee aus Prinzip nur zu

Hause, jedenfalls seit sie in Rente ist.«

»Vielleicht kann ich heute Nachmittag noch mal anrufen?«

»Nein, am besten kommen Sie einfach vorbei«, schlug meine Gesprächspartnerin vor. Ihre Stimme klang jetzt kräftiger. »Wissen Sie, ich freue mich über jegliche Abwechslung. Ich kann das Haus nicht mehr verlassen und Johanne … die freut sich auch über Besuch. Die einzige Abwechslung, die sie hat, ist ihre ehrenamtliche Tätigkeit im Heimatmuseum.«

»Meinen Sie wirklich?« Ich war unsicher. Am Ende war Johanne sauer, wenn ich einfach so auftauchte.

Mia Bokhoff kicherte. »Nur zu, meine Liebe, bis heute Nachmittag. Ich freue mich.«

»Ja, dann bis später«, stammelte ich und legte auf.

Kaum hatte ich aufgelegt, kam Leevke herein.

»Bertus hat angerufen, aber er hat keine Neuigkeiten für dich. Er wollte sich nur mal melden.«

»Danke Leevke. Sag mal, ich müsste so um vier Uhr mal weg. Geht das?«

»Kein Problem«, lachte sie. Was würde ich ohne diese fleißige junge Frau nur machen? Meiner Leidenschaft für das Verbrechen könnte ich auf keinem Fall so ungehindert nachgehen.

Mit ein wenig Bauchgrimmen klingelte ich am Haus der Bokhoffs. Was, wenn Johanne sauer wäre? Ich kannte sie eigentlich nur vom Sehen und vom jährlichen Flohmarkt im Heimatverein.

Die Tür öffnete sich und Johanne lächelte mich an. »Emely, welche Freude. Wir haben uns ja ewig nicht gesehen. Als Tante Mia mir gesagt hat, dass du heute Morgen angerufen hast, war ich entzückt. Komm, wir gehen in die Stube.«

Ich folgte ihr durch den dunklen Flur. Ungeschickt wie ich war, stieß ich mit dem Fuß an einen Blumentopf, der sofort anfing bedenklich zu wackeln. Ich ließ meinen Rucksack fallen und rettete das Gewächs.

»Ich muss das Ding mal wegstellen«, schimpfte Johanne, »du bist nicht die Erste, die da anstößt.«

»Dann bin ich ja beruhigt«, murmelte ich und hob meinen Rucksack wieder auf, nachdem ich ein paar Teile, die herausgefallen waren, wieder eingesammelt hatte.

»Hast du alles?« Sie hielt die Stubentür auf.

»Ja, alles gut«, versicherte ich und betrat die Wohnstube der Familie Bokhoff.

Eine alte Frau saß in einem Sessel am Fenster, die schmalen Arme ruhten auf den Sessellehnen. »Frau Petersen? Ich bin Mia Bokhoff.« Sie nahm meine Hand in beide Hände. »Ich kannte mal eine Netti Petersen. Ist das Verwandtschaft von Ihnen?«

»Ja, das ist die Mutter meines verstorbenen Mannes. Inzwischen heißt sie Sundermann. Sie hat noch mal geheiratet.«

»Ach so, ja …« Sie strich sich über ihre Beine. »Ich komme ja nicht mehr unter die Leute. Gut, dass ich Johanne habe.«

»Emely, setz dich«, bat mich Johanne. Geschickt goss sie den Tee ein, brachte ihrer Tante eine Tasse herüber und nahm neben mir Platz. »Ich kann mir denken, warum du hier bist. Wegen Wilma. Ich weiß ja, dass du für solche Sachen etwas übrig hast.«

»Ja, dann brauche ich ja nicht lange um den heißen Brei herumzureden.« Wahrscheinlich wusste der ganze Landkreis von meiner morbiden Leidenschaft.

»Wilma und ich waren immer gut befreundet«, erzählte Johanne munter drauf los. »Wir sind auch öfter zusammen in Urlaub gefahren. Aber irgendwann war mir das zu anstrengend.«

»Weshalb denn?«

»Na ja, das lag wohl an der Persönlichkeit von Wilma. Sie war schnell auf hundertachtzig, wenn im Hotel oder im Restaurant etwas nicht zu ihrer Zufriedenheit war.«

»Es kommt ja schon mal vor, dass etwas schiefgeht.« Auch im Café Kluntje gab es schon mal einen Gast, der eine negative Anmerkung fallen ließ, aber das haben wir stets mit Freundlichkeit wieder geraderücken können.

Johanne wiegte bedächtig den Kopf hin und her. »Ja, das stimmt, es kann immer mal was sein, aber man muss ja nicht bei jeder kleinen Unregelmäßigkeit so einen Aufstand machen.«

Mia nickte heftig. »Früher waren auch die Gäste freundlicher, da hätte sich niemand gewagt, so über die Stränge zu schlagen.«

»Mia, als du im Hotel gearbeitet hast, waren das ganz andere Zeiten«, wandte sich Johanne an ihre Tante, »heutzutage informieren sich die Leute im Internet und wissen genau, welche Rechte sie haben.«

»Was war denn mit Wilma im Hotel?«

Die ehemalige Krankenschwester winkte ab. »Das Zimmermädchen hat die zwei Perücken von Wilma, die auf ihrem Nachttisch lagen, mithilfe von ein paar Wäscheklammern an einen Bügel gehangen.« Sie grinste. »Ich konnte mir das Lachen kaum verkneifen. Wilma ist total ausgerastet und zur Rezeption runtergestürmt. Die Hotelchefin hat ihr dann versichert, dass es das neue Zimmermädchen sicher nur gut gemeint hätte.« Johanne zuckte mit den Schultern. »Wilma wollte sich jedoch gar nicht mehr beruhigen und so sind wir abgereist. Dieses Verhalten wurde im Laufe der Jahre immer schlimmer. Und eines Tages hatte ich die Nase voll.« Sie hob die Teekanne hoch. »Noch Tee?«

»Gerne.« Ich hielt ihr meine Tasse hin.

»Ich habe dann später in einer Kurklinik gearbeitet«, fuhr Johanne fort, »das war wesentlich entspannter als in der Klinik. Wilma und ich haben den Kontakt zueinander nach und nach gelockert, aber zu jeder Geburtstagsfeier hat sie mich eingeladen. Aus alter Verbundenheit, hat sie gesagt.«

Mia hob die Hand. »Ich möchte nur wissen, wer sie

ins Jenseits befördert hat.« Die alte Frau sah Johanne an. »Was meinst du, wer es war?«

»Oha, ja … da gibt es viele, die ihr nichts Gutes gewünscht haben.« Johanne schob mir eine Schale mit Zimtplätzchen hin. »Wilma war ein Mensch, der nur ihren Vorteil gesucht hat, egal wen sie dafür über den Tisch ziehen musste.«

Das schränkte den Kreis der Verdächtigen keineswegs ein, befürchtete ich und schob mir ein Plätzchen in den Mund.

13

»Meinst du, Diamanten haben einen großen Wert?« Ich saß mit Bertus am frühen Morgen in dem noch leeren Café. »Ich habe mich nur gefragt, ob es sich dabei um ein großes Vermögen handelt.«

»Ich bin ja auch kein Fachmann, aber ich gehe mal davon aus, dass es sich dabei um Rohdiamanten handelt. Aber auch die sind sicherlich sehr viel wert.« Er sah auf die Uhr.

»Wann ist denn dein Arzttermin?«

»In einer halben Stunde. Ich wollte dir wenigstens sagen, dass die Kollegen auch noch keinen weiteren Verdächtigen haben. Laut Aussage der Sprechstundenhilfe von Frau Dirksens Hausarzt hat die Patientin sich tatsächlich immer die aktuelle Dosis an ihrem Insulinpen einstellen lassen, weil sie das selbst nicht konnte.«

»Also kein Versehen ihrerseits«, stellte ich fest. »Demnach war es jemand anderes, aber warum? Nur wegen irgendwelcher kostbaren Steine, von denen niemand weiß, ob sie überhaupt existieren?«

»Du weißt ja, wie das ist«, philosophierte Bertus und richtete seinen Hemdkragen, »in der Fantasie wirken alle Dinge groß und verheißungsvoll.«

Mit einem erbarmungswürdigen Stöhnen erhob er sich. »Ich mache mich mal auf den Weg.«

Ich brachte ihn zur Tür. »Du meldest dich?« Worauf er lächelnd nickte.

Gerade wollte ich die Tür wieder schließen, als Teelse angelaufen kam. Im Arm hielt sie einen großen Topf.

»Was willst du denn mit dem Ding da?«, begrüßte ich sie und hielt ihr die Tür auf.

»Ich gehe mal gleich in die Küche«, hechelte sie und eilte an mir vorbei. Neugierig folgte ich ihr.

Selma staunte nicht schlecht, als unsere Putzfee den Deckel vom Topf nahm. Alkoholgeruch stieg mir in die Nase, »Kinnertön?«, rief Selma aus und wedelte mit der Hand über dem Topf. »Das riecht aber gut.«

Die in reichlich Branntwein eingelegten Rosinen werden anlässlich der Ankunft eines neuen Erdenbürgers an Freunde und Nachbarn verteilt. Durch dieses hochprozentige Gebräu waren schon einige Leute aus den Latschen gekippt.

»Meine Schwester ist Oma geworden und hat viel zu viel von dem Kinnertön angesetzt. Ich denke, euch wird auch so ein kleiner Schluck davon schmecken.«

»Ich gehe gleich zu Netti und Horst rüber, da könnte ich was mitnehmen«, schlug ich vor, »für uns ist das viel zu viel.«

»Egal«, meinte Teelse, »seht zu, dass das Zeug unters Volk kommt. Mein Mann hat sich schon einen gewissen Vorrat zur Seite geschafft.«

Sie winkte uns nur noch kurz zu und war schon verschwunden.

»Ich nehme mir heute Abend was mit.« Selma nahm aus einem Schrank ein kleines Schraubgläschen. »Bevor ich ins Bett gehe, werde ich mir was davon genehmigen.«

»Ich lasse lieber die Finger davon«, wehrte ich ab und dachte an meine unheilvolle Begegnung mit Jaspers Rotwein. »Hast du noch so ein Schraubglas? Ich will Netti was rüberbringen.«

Mithilfe eines Schöpflöffels füllte ich das Gefäß.

»Mach nur ordentlich Rosinen rein«, empfahl mir Selma, »die haben ganz schön von dem Branntwein eingesogen. Da kommt deine Schwiegermutter auf Touren.«

Ich fand Netti noch im Nachthemd vor. Sie saß in der Küche und legte Handtücher zusammen.

»Bist du krank?« Ich kannte das gar nicht von ihr, dass sie so in den Tag hineinlebte.

Sie schüttelte den Kopf. »Ich habe bis eben geschlafen. Die ganze Nacht war ich wach, weil Horst wieder so geschnarcht hat.« Stirnrunzelnd sah sie auf die Küchenuhr über dem Kühlschrank. »Dabei ist es schon halb elf.«

»Und wo ist Horst?«

Sie spitzte pikiert den Mund. »Nachdem er gut gefrühstückt und mehrmals verkündet hat, wie ausgezeichnet er geruht hat, ist er zu seinem Freund zum Elführtje.« Mit der flachen Hand schlug sie auf einen Stapel der Handtücher. »Und ich sitze jetzt hier und bin hundemüde.«

Innerlich musste ich grinsen. Ein Elführje war ein Frühschoppen, an dem meistens nur reichlich alkoholische Getränke gereicht wurden. Solche Ereignisse konnten sich gut und gerne bis in den frühen Abend hinziehen.

»Vielleicht sollte Horst mal zum Arzt gehen wegen des Schnarchens«, schlug ich vor.

Netti winkte ab. »Haben wir alles schon durch. Tennisball hinten in den Schlafanzug eingenäht, Zahnschiene und Masken … der Kerl sägt, was die Zunge hergibt. Heute Abend schlafe ich auf dem Sofa.«

Das Gläschen mit den eingelegten Rosinen stellte ich kommentarlos auf den Küchenschrank und setzte mich.

»Du kennst doch die Töchter von Wilma und Gernot?«, wechselte ich das Thema.

»Ja, aber nur im Vorbeigehen. Maren ist total introvertiert und ihre Schwester arrogant wie sonst was. Franzi ist Ärztin und mit einem Kollegen verheiratet. Sie jettet um die Welt, wenn sie Zeit hat und markiert die Dame von Welt.«

»Die Schwestern verstehen sich aber nicht so gut?

Das habe ich jedenfalls gehört.«

»Die sind wie Feuer und Wasser, das müsstest du mal erleben. Die können keine Minute im gleichen Raum sein, ohne sich an den Hals zu gehen, und das geschieht manchmal im wahrsten Sinne des Wortes.«

»Das würde ich gerne mal erleben«, gestand ich. »Wenn man den Menschen real begegnet, kann man sie viel besser einschätzen.«

Netti sah mich mit großen Augen an. »Wie spät ist es?«

»Gleich elf. Warum?«

»Ich zieh mich schnell an«, rief sie mir zu und rannte ins Bad.

»Was ist denn los?«

Ich hörte kurz Wasser rauschen, ein gezischtes »Mist« und dann stand sie fix und fertig angezogen in der Tür.

»Was ist denn?« Ich verstand nur Bahnhof.

»Guck nicht so«, grinste Netti, »das hat alles seinen Grund. Tabea hat mir nämlich gestern erzählt, dass die beiden Schwestern heute Morgen um elf Uhr in der Gärtnerei Schomaker verabredet sind, um den Blumenschmuck zu Wilmas Beerdigung auszusuchen.« Sie griff nach ihrer Strickjacke, die über einer Stuhllehne hing.

»Woher weiß Tabea das denn?« Manchmal hatte ich das Gefühl, dass die Teeschwestern mehr wussten als ich, obwohl ich immer und überall Augen und Ohren offenhielt.

»Ihre Cousine arbeite da … deswegen. Ist doch auch egal.« Sie klopfte mir auf den Arm. »Hol dein Auto aus der Garage. Bis zur Gärtnerei ist es ein ganzes Stück.«

Der Gartenhandel Schomaker lag am Ortsrand Richtung Carolinensiel. Ich parkte direkt vor der Eingangstür und stellte den Motor ab. »Wir gehen da jetzt rein oder hattest du was anderes im Sinn?«

Netti stieg aus. »Folge mir einfach«, ordnete sie an und knallte die Autotür zu.

»Wenn du meinst.« Ich hatte keine Ahnung, was Netti im Schilde führte.

Eine Welle von Blumenduft schlug mir entgegen. Netti zog mich weiter. Eine junge Frau kam auf uns zu. »Moin, kann ich Ihnen helfen?«

»Ist Frau Schomaker da?«, wollte Netti wissen.

»Ja, sie bedient da hinten zwei Kundinnen«, gab die junge Frau bereitwillig Auskunft. »Kann ich Ihnen schon mal weiterhelfen?«

»Meine Schwiegertochter und ich wollen unser Blumenfenster umgestalten.« Sie sah sich um. »Wissen Sie was? Wir schauen uns einfach um und warten, bis Frau Schomaker Zeit hat.«

Nachdem sich die Angestellte entfernt hatte, beugte sich Netti zu mir rüber. »Dahinten, die beiden Frauen«, flüsterte sie, »die mit Hilde Schomaker zugange sind, das sind die beiden Töchter von Wilma.«

Netti war doch raffinierter, als ich dachte. Langsam

und möglichst unauffällig bewegten wir uns in die Richtung der beiden Schwestern.

»Moin Netti«, rief die Chefin. »Schön, dass du mal vorbeikommst. Seht euch einfach um …«

»Moin Hilde«, entgegnete die Angesprochene, »lass dir nur Zeit.«

»Wir gehen lieber ein Stück weiter«, schlug ich vor. Hinter ein paar Palmen blieben wir stehen. Von hier aus konnten wir aus nächster Nähe die Szene beobachten.

»Maren ist die mit der strengen Frisur«, klärte Netti mich mit gesenkter Stimme auf. »Ich glaube, die haben sich schon wieder in den Haaren.«

»Du weißt genau, dass Mama weiße Blumen gehasst hat«, keifte Franzi in diesem Moment und zog ihre recht teuer aussehende Strickjacke am Hals zusammen. »Dass das hier in so Blumenhäusern immer so kalt sein muss.«

»Aber zu einer Beerdigung gehören nun mal weiße Blumen«, wandte Maren eingeschüchtert ein.

»Sie können ja gerne jede Farbe nehmen, die Sie wollen.« Frau Schomaker sah genervt zur gläsernen Decke des Gewächshauses. »Da gibt es keine Vorschriften.«

»Wir nehmen rosa Nelken«, bestimmte Franzi.

»Spinnst du?« Marens Stimme klang jetzt streitsüchtig. »Mama hat Nelken gehasst.«

»Woher willst du das denn wissen?«, zeterte Franzi.

»Du hockst doch den lieben langen Tag in deinem Kabuff und bekommst nichts mit.« Sie warf den Kopf zurück. »Ich hingegen unterliege in meinem Beruf einer großen Verantwortung.«

»Jetzt geht's los«, flüsterte Netti und schob einen Zweig der Palme etwas zur Seite.

»Gib doch nicht so an«, empörte sich Maren, die nun auch auf hundertachtzig war. Sogar von unserem Beobachtungsposten konnten wir erkennen, dass ihr Gesicht sich jetzt dunkelrot verfärbte.

»Meine Damen, bitte ...« Frau Schomaker hob hilflos die Arme.

»Wir nehmen rosa Nelken«, bestimmte Franzi wieder, worauf Maren mit dem Fuß aufstampfte.

»Nein, nehmen wir nicht.« Mit der einen Hand packte Maren an den Ärmel der Strickjacke ihrer Schwester und zog daran.

»Lass das.« Vergeblich versuchte Franzi sich aus dem Griff ihrer Schwester zu lösen. »Weißt du, was die Jacke gekostet hat? Ein Designerstück ... unbezahlbar.«

»Ist mir doch egal.« Nun war Maren mutig genug, um noch fester an dem Kleidungsstück zu ziehen. Zwei Knöpfe sprangen ab und kullerten in die Richtung unserer Deckung. »Na, wie ist das?«, keifte Maren und zog noch fester. Der Ärmel löste sich und hing nur noch lose über Franzis Arm.

»Das reicht mir jetzt.« Franzi holte aus und traf mit ihrer Handtasche Maren mitten ins Gesicht, raffte ihre Jackenreste zusammen und stürmte ins Freie.

Maren hielt sich die Hand vors Gesicht und sah Frau Schomaker an.

»Können wir behilflich sein?« Meine Schwiegermutter hatte ihre Deckung verlassen und war an den Ort des Geschehens geeilt. Eilig folgte ich ihr.

Hilflos sah sich die Chefin um. »Kommen Sie erstmal mit«, sagte sie zu Maren.

Gestützt von mir und Netti gelangte die Verletzte ins Büro. Frau Schomaker organisierte eine Flasche Likör, während Netti mit einem Taschentuch das Blut an Marens Augenbraue abtupfte.

»Irgendwoher kenne ich Sie«, nuschelte Maren und sah mich an. Sie warf den Kopf zurück und leerte das kleine Gläschen, welches ihr die Gärtnermeisterin hingestellt hatte.

»Ich bin Emely Petersen vom Café Kluntje«, klärte ich sie auf.

»Ach ja, stimmt … ich wusste doch …« Sie verzog schmerzhaft das Gesicht.

»Also gegen einen guten Tropfen hätte ich jetzt nichts einzuwenden«, meinte Netti und zeigte auf Marens leeres Gläschen.

»Kein Problem«, nuschelte Frau Schomaker, sichtlich erleichtert, dass sich die Sache so langsam entspannte.

Nachdem wir alle mit dem Nötigsten versorgt waren, setzte sich die Gärtnermeisterin an ihren Schreibtisch. »Und jetzt?«

Netti zwinkerte mir zu, ich verstand. »Wir können Sie gerne nach Hause fahren«, bot ich Maren an und freute mich über die Gelegenheit, die Tochter der Ermordeten näher kennenzulernen.

14

Maren wohnte mitten im Ort in einem Zweifamilienhaus. Ich parkte den Bulli direkt vor der Eingangstür und stieg aus. Netti hatte ich zuvor auf ihre Bitte hin an der Wohnung einer Freundin abgesetzt. Maren saß immer noch bewegungslos da und starrte Löcher in die Luft.

»Am besten, ich bringe Sie in Ihre Wohnung«, bot ich ihr an. »Sie sind ja ganz schön durch den Wind.«

Schnell packte ich sie am Arm, sonst wäre sie beim Aussteigen auf die Straße gestürzt.

»So ein Bus ist ja doch ein bisschen höher als ein normales Auto.« Sie hielt sich an der Tür fest.

»Ja, ich habe damals auch eine Weile gebraucht, bis ich mich daran gewöhnt hatte, aber jetzt ist das kein Problem mehr.«

Langsam folgte ich ihr zum Haus.

»Wir müssen nach oben.« Sie kramte einen Schlüssel aus ihrer Tasche.

Die Wohnung war klein, aber urgemütlich eingerichtet. Vor den schmalen Fenstern hingen bunte Vorhänge und jede Menge Kissen auf dem zimtfarbenen Sofa vervollständigten das Bild eines behaglichen Nestes.

»Setzen Sie sich doch«, bat mich Maren. »Ich geh nur schnell in die Küche und hole etwas zu trinken.«

Nach ein paar Minuten kam sie mit einem Tablett und einer Flasche Orangensaft sowie Gläsern zurück. Wortlos füllte sie den Saft in die Gläser und reichte mir eins.

»Sie wundern sich bestimmt über meine Schwester und mich.« Bedächtig stellte sie ihr Glas ab und sah mich an. »Eigentlich war das schon immer so. Franzi ist mit ihrem Willen meistens durchgekommen, aber hin und wieder ist es mir gelungen, sie in ihre Schranken zu weisen. Das war und ist anstrengend.«

»Das kann ich mir vorstellen«, entgegnete ich. »War das in Ihrer Kindheit auch so? Ich meine, als Sie noch nicht erwachsen waren?«

Emely, was für ein blöder Satz, meckerte ich mit mir, aber Maren schien verstanden zu haben, was ich meinte.

»Ja, das war schon immer so.« Sie lehnte sich zurück und verschränkte ihre Arme. »Ich war gerade in die Schule gekommen, als Franzi geboren wurde. Komisch, ich kann mich gar nicht an die Zeit erinnern, als ich als Einzelkind bei meinen Eltern war.«

»Und das änderte sich, als Ihre Schwester auf die Welt kam?«

Sie nickte. »So ein Neugeborenes braucht ja mehr Zuwendung als ein Schulkind. Hinzu kam noch, dass Franzi an einer Lungenkrankheit litt, die aber später komplett ausgeheilt ist. Als sie dann älter wurde, haben wir uns fast täglich gestritten. Sogar noch an dem Tag, als ich von zu Hause ausgezogen bin, hat sie Theater gemacht und behauptet, ich hätte ein paar Halsketten von ihr einfach eingesteckt.«

Unvermittelt sprang sie hoch, riss das Fenster auf und atmete ein paarmal tief durch. »Ich bin manchmal so wütend auf meine Schwester, da könnte ich …« Sie drehte sich um. »Nehmen Sie das nicht so wörtlich, aber Sie haben es ja heute gesehen, Franzi lässt keine andere Meinung gelten.«

»Ja, das war sehr anschaulich heute«, musste ich zugeben. »Wie ist denn Ihre Mutter damit umgegangen? Ich meine mit dem Streit ihrer Kinder?«

Marens Gesicht verdunkelte sich. »Meine Mutter war ein Mensch, der auch immer recht haben wollte. Franzi hat das sicher von ihr geerbt.« Sie kicherte leise. »Die beiden waren sich sehr ähnlich.«

Im Flur schlug eine Uhr an. »Schon zwei Uhr?«, stellte ich erschrocken fest. »Ich muss los. Im Café ist sicherlich viel zu tun.«

»Bestimmt komme ich mal bei Ihnen vorbei und sehe mir Ihr Café Kluntje mal an«, versprach sie und ein Lächeln huschte über ihr Gesicht. »Ich bin so oft daran vorbeigelaufen.«

»Das würde mich freuen«, sagte ich und stand auf. »Ich kann Sie aber jetzt mit gutem Gewissen alleine lassen?«

»Seien Sie unbesorgt, alles ist in Ordnung.«

Als ich auf der Straße stand, blickte ich nach oben zu Maren Dirksens Wohnung. Sie stand hinter einem Fenster und winkte mir zu.

»Das geht aber nicht, Emely«, meckerte eine Stimme hinter mir. Erschrocken fuhr ich herum. Es war Harm, der mich breit grinsend ansah. Sein Kollege Sigi stand neben ihm und wippte mit seinen Füßen auf und ab.

»Was macht ihr denn hier?«

»Was machen denn Ortspolizisten wohl in ihrem Revier?«, stänkerte Sigi und sah mich feixend an. »Wir sorgen für Recht und Ordnung in Neuharlingersiel.«

»Ja, dann macht das mal«, schleuderte ich ihm entgegen, schloss das Auto auf und setzte mich rein. An meiner Windschutzscheibe hing ein Zettel.

Ich sprang raus, nahm ihn und hielt ihn Harm hin. »Das ist doch wohl nicht euer Ernst. Zwanzig Euro? Für was denn?«

»Du stehst im Parkverbot.« Der schöne Sigi zog jeden einzelnen Buchstaben des Wortes *Parkverbot* genüsslich in die Länge.

»Wir können da keine Ausnahme machen«, entschuldigte sich Harm und wandte sich dann an Sigi. »Jetzt ist sie sauer. Ich hab dir ja gesagt, dass wir das alles auch ein bisschen großzügiger auslegen könnten.«

»Gesetz ist Gesetz«, klugscheißerte dieser und entfernte sich.

»Sorry«, brummte Harm und trottete ebenfalls davon.

»Du bekommst keinen Krümel Zucker mehr bei mir«, rief ich ihm nach und hoffte, dass er das verstanden hatte.

Zu Hause angekommen, stellte ich zu meiner Erleichterung fest, dass Leevke und Selma alles im Griff hatten.

»Da hat jemand für dich angerufen.« Leevke hielt mir einen Zettel hin.

»Von wem ist das denn?«

»Ich habe es aufgeschrieben. Es ist ein gewisser Tom Davis. Er hat mir seine Handynummer gegeben, du möchtest ihn bitte zurückrufen.«

»Ja, danke, mach ich gleich.«

Im Büro fand ich eine Nachricht von meinem Steuerberater auf dem Anrufbeantworter vor. Er bat mich ziemlich eindringlich, ihm meine Unterlagen vorbeizubringen, damit er die Steuererklärung an das Finanzamt weiterleiten könne. Mit Schrecken dachte ich an den USB-Stick in meinem Rucksack, den ich vollkommen vergessen hatte. Sofort rief ich zurück und hinterließ auf seinem Anrufbeantworter, dass ich so bald wie möglich seiner eindringlichen Bitte folgen würde.

Der ganze Bürokram war mir zuwider. Lieber buk ich einen Kuchen oder bediente meine Gäste, aber am allerliebsten mischte ich mich in die Angelegenheiten anderer Leute ein, um es mal drastisch auszudrücken, eben jeder, wie er kann.

Tom Davis erreichte ich sofort. »Emely, gut, dass du zurückrufst. Könnten wir uns morgen treffen? Ich möchte gerne wissen, ob du schon mit deinen Ermittlungen weitergekommen bist.«

Da musste ich ihn enttäuschen, denn außer den Zwistigkeiten unter Geschwistern hatte ich nicht viel zu bieten.

»Wie wäre es, wenn du morgen am späteren Nachmittag bei mir vorbeikommst?«, schlug ich vor. »Da habe ich sicherlich genügend Zeit und wir können alles besprechen.«

»So machen wir das.«

Meine beiden Kinder waren ausgeflogen, als ich nach Feierabend nach oben kam. Mein Nacken war völlig verspannt und ich sehnte mich nach einem wohltuenden Bad.

Bertus schickte mir eine Textnachricht, dass es etwas Neues gäbe, und er wollte, sofern mir das passen würde, morgen am späten Nachmittag bei mir vorbeischauen. Das passt ja, freute ich mich und ließ mir ein Schaumbad ein. Das warme Wasser und der Duft der Brausetablette versprachen Entspannung.

Während sich die Wanne langsam füllte, ging ich an meinen Kleiderschrank und sah meine Hosen durch. Es war wirklich Zeit, für eine Neuanschaffung. Fast alle Jeans waren mehr oder weniger verwaschen. Bei aller Lässigkeit meines Kleidungsstils, hier musste ich unbedingt Abhilfe schaffen. Ganz hinten in der Ecke erblickte ich die blassrosa Leinenhose, die ich mir in einem Anfall von Leichtsinn im letzten Jahr in Bremen gekauft hatte. Dass man sowas total vergessen kann, verblüffte mich und ich zog die Hose an. Langsam erinnerte ich mich, dass ich schon beim Kauf gedacht habe, dass eine Nummer größer eventuell besser wäre, da sie am Bund sehr eng saß. Jetzt bekam ich sie überhaupt nicht mehr zu.

Wütend warf ich das Kleidungsstück unten in den Schrank, erwog kurzzeitig, eine Diät zu beginnen, und nahm mir ernsthaft vor, mich mehr zu bewegen. Im Bad zog ich den Stöpsel aus dem Abfluss. Auch ein herrlich duftendes Schaumbad konnte meine Laune jetzt nicht verbessern, allenfalls eine Tasse heißer Kakao.

15

»**Das war** nicht das erste Mal, dass die Dosierung am Insulinpen von Wilma Dirksen viel zu hoch eingestellt wurde«, ließ Bertus die Katze aus dem Sack, nachdem er umständlich in seinen Jackentaschen nach seinen Notizen gesucht hatte.

Tom saß zurückgelehnt neben dem Exkommissar und hörte gespannt zu.

»War das ein Versehen Wilmas?«, wollte ich wissen.

Bertus schüttelte den Kopf. »Meine Kollegen haben mich über die Befragung der Arzthelferinnen in der Praxis von Frau Dirksens Hausarzt informiert. Eine der Angestellten hat ausgesagt, dass Wilma vor zwei Monaten zur Routineuntersuchung in der Praxis war. Bei der Kontrolle des Insulinpens ist der Sprechstundenhilfe aufgefallen, dass die Dosis viel zu hoch eingestellt war, und wenn Frau Dirksen sich die Injektion so verabreicht hätte, wäre das lebensbedrohlich, wenn nicht sogar tödlich gewesen.«

»Konnte sich Wilma das erklären?«

»Nein, sie hatte keine Erklärung dafür. Alle in der

Praxis waren natürlich besorgt und baten Wilma, ihr Mann möge doch jeden Tag die Einstellung kontrollieren.«

»Das hat er sicherlich auch gemacht, aber nach einer Weile lief alles wieder wie vorher«, vermutete ich, »denn sonst hätte er es ja jetzt bemerkt und Wilma würde noch leben.«

Tom hatte die ganze Zeit nichts gesagt. »Das könnte ja bedeuten, dass schon vor zwei Monaten jemand versucht hat, meine Tante zu töten?«

Bertus nickte. »Genau das denken die Ermittler auch, denn das kann ja alles kein Zufall sein.«

Zumindest schied jetzt Tom Davis endgültig aus dem Kreis der Verdächtigen aus, folgerte ich, denn damals hatte er sich noch in Amerika aufgehalten.

»Mein Onkel … also Gernot hat mir gesagt, dass Wilma immer viel Besuch hatte«, erzählte Tom. »Sie liebte es, das große Wort zu führen, wobei ich nicht weiß, wie ich das genau verstehen soll.«

»Wilma hat viel gesabbelt, jedenfalls hat mir das Roswitha mit genau diesen Worten vermittelt«, klärte ich den Amerikaner auf. »Sabbeln heißt so viel, dass sie lang und viel geredet hat.«

»Roswitha ist die Hausdame im Hotel?«, fragte Tom nach. »Sie sagt, sie wäre über hundert Ecken mit unserer Familie verwandt.«

Ich nickte. »Aber sie weiß selbst nicht, wie genau sich das verhält.«

»Nun gut«, sagte Bertus und schob den Zettel in die Brusttasche seiner Jacke. »Jedenfalls steht fest, dass jemand schon einmal versucht hat, Frau Dirksen zu töten. Das Pikante daran ist, dass der oder die Täter bei der eigentlichen Tat nicht am Tatort sein mussten und mit Sicherheit über ein stichhaltiges Alibi verfügen. So wie wahrscheinlich alle Menschen, die im Hause Dirksen ein und aus gegangen sind, über ein wasserdichtes Alibi verfügen.«

Seine Worte waren sehr entmutigend. »Das heißt im Klartext, es ist fast unmöglich, den wahren Sachverhalt zu ergründen?« Ich war mehr als nur bitterlich enttäuscht.

»Das sehe ich auch so«, meinte Tom, »aber viel wichtiger für mich persönlich ist es, den Grund zu erfahren, warum meine Mutter als ganz junge Frau Ostfriesland verlassen hat.«

»Dabei kann ich leider nicht behilflich sein.« Bertus hob bedauernd seine Schultern. »Und wie gesagt, wir werden vermutlich niemals erfahren, wer für den Tod von Wilma Dirksen verantwortlich ist. So ist das manchmal. Ich werde mich mal wieder auf die Socken machen.« Er nickte uns kurz zu und verließ dann mein Büro.

»Alles eine schöne Scheiße«, bezeichnete Tom die Situation sehr treffend. »Ich muss noch mal mit meinem Onkel reden.«

»Mit Gernot?«

»Nein, mit Jasper, er kannte meine Mutter von allen am besten. Vielleicht hat er eine Ahnung, was damals geschehen ist.« Er stand auf und blickte aus dem Fenster.

»Eine tolle Aussicht, direkt auf den Hafen.« Er drehte sich zu mir um. »Wenn das mein Büro wäre, könnte ich nichts arbeiten, sondern würde immer nur aus dem Fenster blicken.«

»Vielleicht sollte ich mein Büro verlegen?«, ulkte ich. »Dann klappt es bei mir sicher besser mit der Arbeit, wenn ich keine schöne Aussicht habe.«

Tom grinste und zeigte seine strahlendweißen Zähne. »Ich fahre jetzt mal zu Jasper. Hast du Lust, mitzukommen?«

Da ließ ich mich nicht zweimal bitten. Ich sagte Leevke Bescheid und stieg dann bereitwillig in Toms komfortablen Mietwagen.

Die Tür der Giftbude stand weit offen, als wir ankamen. Der Gastraum war nur spärlich beleuchtet. Mary war gerade dabei, die Tische abzuwischen, als wir reinkamen.

»Jasper kommt gleich«, teilte sie uns mit. Setzt euch doch schon mal. »Wollt ihr etwas trinken?«

»Ja, ich bitte nur ein Wasser«, bat ich und ließ mich auf der ausladenden alten Holzbank nieder.

Tom nahm mir gegenüber Platz. »Wenn du eine Cola hättest?«

»Ja, kein Problem.« Mary hantierte lautlos am Tresen

und brachte uns das Gewünschte. »Ich sage Jasper Bescheid.«

»Sag mal«, begann Tom, als er das halbe Glas geleert hat, »hier sprechen manche Leute so komisch.«

»Meinst du Plattdeutsch?«

»Ich glaube ja. Ich habe zwei Zimmermädchen belauscht, aber habe kein Wort verstanden.«

Ich kicherte. »Das kann ich mir vorstellen. Das ist aber eine eigene anerkannte Sprache, also kein Dialekt.«

»Kannst du das auch?«

»Ich verstehe alles, aber Sprechen fällt mir schwer. Wir haben zu Hause kein Platt gesprochen«, erzählte ich. »Früher war es sogar nicht erwünscht, da man befürchtete, dass die Kinder in der Schule kein akkurates Deutsch lernen könnten, wenn sie mit der plattdeutschen Sprache aufgewachsen sind. Das hat sich aber zum Glück geändert. Heute wird sogar in den Schulen darauf Wert gelegt, dass die Kinder die Sprache ihrer Heimat lernen.«

Tom drehte sein Glas hin und her. »Meine Mutter hat mir davon erzählt, aber ich wusste nicht, wie sich das anhört.«

»Mien moder hett seggt, Plattdüütsk is uns Moderspraak un dat blifft ok so«, verkündete Jasper, der plötzlich am Tisch stand. Wir hatten ihn gar nicht kommen hören.

Tom sah mich ratlos an. »Was hat er gerade gesagt?«

»Seine Mutter habe immer gesagt, dass Plattdeutsch seine Muttersprache sei und dass dies auch immer so bleiben würde.«

»Ich habe wirklich kein Wort verstanden.« Tom sah seinen Onkel immer noch mit großen Augen an.

»Was kann ich für euch tun?« Jasper setzte sich an den Tisch.

»Ich habe Emely gebeten, mich zu begleiten«, erklärte Tom, »es geht immer noch um meine Mutter. Weißt du vielleicht, warum sie so früh und so weit weg von zu Hause gegangen ist?«

Jasper wiegte den Kopf hin und her. »Nee, das weiß ich auch nicht genau. Vielleicht wegen Wilma? Die hat ja schon als Kind unsere kleine Schwester beschissen, wo sie nur konnte. Ich sach ja ...«

»Hast du vielleicht ein Beispiel«, bat Tom, »damit ich mir das besser vorstellen kann.«

»Puhhh, im Moment weiß ich nicht ...«, begann er und wurde von seiner Frau unterbrochen, die ihm eine Tasse Kaffee hinstellte. »Es war immer so ... ach, jetzt fällt mir was ein. Gudrun hatte eine neue Bluse bekommen. So ein Ding mit Rüschen und Gedöns überall. Zum Geburtstag glaube ich. Jedenfalls war Wilma neidisch wie sonst was. Eines Tages war das Ding weg. Das war vielleicht ein Theater. Mein Vater fand die Bluse später total verknuddelt in Wilmas Schrank.«

Jasper setzte die Tasse an und leerte sie in einem Rutsch. »Und wisst ihr, was Wilma als Begründung angegeben hat? Die Bluse würde Gudrun gar nicht stehen und sie wollte ihre Schwester nur beschützen, damit sie in der Schule nicht der Lächerlichkeit preisgegeben wäre.« Er nickte vielsagend. »So, und jetzt kommt ihr.«

»Das ist aber gemein«, bemerkte ich und war im Nachhinein froh, dass ich als Einzelkind aufgewachsen war. Zwar ohne Vater, der sich schon vor meiner Geburt nach England verdrückt hatte, aber immerhin ohne Streit mit Geschwistern.

»Meinst du, die ominösen Diamanten, die unser Großvater angeblich mitgebracht hat, waren der Grund für meine Mutter, von zu Hause wegzugehen?«

»Auf keinen Fall«, behauptete Jasper, »das hat Gudrun gar nicht interessiert. Nein, das mit deiner Mutter … das hatte sicher etwas mit Wilma zu tun, glaube ich jedenfalls.«

»Wenn ich nur wüsste, was damals los war«, stöhnte Gudruns Sohn. »Ich komme keinen Schritt weiter.«

»Willkommen im Club«, schloss ich mich an, »ich komme auch nicht weiter.« Kurz erwog ich, aber nur eine kleine Sekunde lang, mir eine neue Leidenschaft zu suchen.

Mary kam herein und setzte sich zu uns. Jasper räusperte sich. »Ich muss euch was sagen …«

Sofort war ich ganz Ohr. »Sag schon.«

»Vor zwei Monaten habe ich einen Diamanten gefunden«, gestand er uns. »Ich habe nicht danach gesucht, aber in einer Mauerritze ganz unten am Fußboden lag er.«

Mary nickte. »Jasper war ganz aufgeregt, aber ich habe ihn überreden können, nichts zu sagen. Wie hätte man so einen Stein in zwei Teile teilen können? Und wir brauchten dringend etwas Geld.«

»Man hätte ihn verkaufen und den Erlös teilen können«, schlug ich vor. »Habt ihr auch den Rest gefunden und nichts gesagt?«

Jasper schüttelte den Kopf. »Nein, ich habe ja schon erzählt, dass ich mehrmals alles abgesucht habe. Das war wirklich Zufall, dass ich in der Scheune in dem ganzen Staub und Dreck den Stein gefunden habe.«

»Und wo ist er jetzt?«, fragte ich nach.

»Verkauft«, gab Jasper zu. »Die olle Heizung war im Eimer, da kam uns das Geld ganz recht. Und jetzt, wo Wilma tot ist, hätte er sowieso mir alleine gehört.«

»Hast du den Rest der Diamanten wirklich nicht gefunden?«, wollte Tom wissen.

»Leider nicht.« Sein Gesicht war jetzt leicht gerötet. »Glaubt mir, ich habe alles noch mal gründlich abgesucht, aber nichts gefunden, gar nichts.«

»Das beweist jedenfalls, dass dein Vater wirklich Diamanten mitgebracht hat«, folgerte ich.

»Oder er hat nur den einen mitgebracht und ihn dann verloren«, überlegte Tom.

»Oder so«, stöhnte Jasper wieder, »jedenfalls ist jetzt alles futsch.«

Jasper und Mary zeigten uns die Stelle, an der sie den Stein gefunden hatten. »Hier in der Ritze.« Der Gastwirt zeigte auf einen Spalt am Fußende der Mauer. »Ich habe den auch nur gefunden, weil mir das blöde Ding von meinem Akkuschrauber runtergefallen war und ich es nicht finden konnte.«

Hatte van Gerpen Senior den einen Stein wirklich verloren? Immer mehr Zweifel kamen bei mir auf. Oder hatte Jasper, nachdem er die ganze Beute gefunden hatte, hier einen Köder ausgelegt, damit niemand auf die Idee käme, ihn weiter zu befragen?

Ob Jasper wirklich so unschuldig war, wie er tat? Da war ich mir plötzlich gar nicht mehr so sicher.

16

Die nächsten zwei Tage verbrachte ich mit alltäglichen Dingen. Der Backofen in unserer Caféküche war wieder mal ausgefallen. Unser Haus- und Hofhandwerker Tamme gab sein Bestes.

»Den kannste knicken«, stellte er nach einer gründlichen Untersuchung des Gerätes fest, »aber ihr habt Glück. In meiner Werkstatt habe ich noch einen fast neuen stehen. Ein Kunde hatte ihn bestellt und sich dann aber scheiden lassen.«

»Wegen dem Ofen ist er jetzt geschieden?« Selma konnte es nicht fassen.

»Nein, er lag schon vorher im Klinsch mit seiner Ollen, aber einen Tag, bevor ich das Ding einbauen sollte, hat sie ihn rausgeschmissen und den Ofen wieder abbestellt.«

»Das ist doch gut für uns«, stellte ich fest, »dann bau ihn doch bitte gleich ein, damit Selma weitermachen kann.«

»Genau«, stöhnte unsere weltbeste Kuchenbäckerin und richtete ihren Büstenhalterträger, »ich muss noch vier Friesenstrudel und zwei Ostfriesentorten machen.«

»Keine Sorge, Selma.« Tamme raffte sein Werkzeug zusammen. »In einer Stunde bin ich wieder da und dann kannst du weitermachen.«

Im Büro nahm ich noch mal Roswithas Liste der Geburtstagsgäste in die Hand. Wen könnte ich noch befragen? Wer konnte mir mehr über Wilma erzählen? Sollte ich Tom mit einbinden? Ich entschied mich dagegen, denn ihn interessierten einzig und alleine die Beweggründe seiner Mutter, die sie zur Auswanderung bewogen hatten.

Da waren noch die beiden Schwestern Bekki und Jana Winterboer, die mit Wilma früher gekegelt hatten. Ja, da sollte ich weitermachen. Blieb die Frage: Wie kam ich unauffällig an sie ran? Roswitha! Ja, das war die Lösung.

Auf ihrem Handy erreichte ich sie nicht. Also rief ich im Hotel Deichhuske an. Die Dame an der Rezeption teilte mir mit, dass Frau de Vries sich am Morgen krankgemeldet hatte.

Sofort rief ich sie zu Hause an.

»De Vries?«, krächzte eine müde Stimme.

»Roswitha?«

»Ach Emely …«

»Ich dachte zuerst, es würde sich ein Mann melden. Deine Stimme klingt so komisch.«

»Nun ja.« Sie sprach nicht weiter.

»Bist du krank?«

»Wie man es nimmt.«

So dünn wie Roswitha war, so robust war sie. Ich konnte mich nicht erinnern, dass sie je einmal krank gewesen wäre. »Ich wollte dich um was bitten.«

»Wenn du willst, kannst du herkommen. Hast du Zeit?«

»Gegen Abend könnte ich kommen.«

»Joo, mach mal. Ich schlafe bis dahin noch 'ne Runde.«

»Gut bis später. Wenn ich …« Sie hatte schon aufgelegt.

Erst jetzt fiel mir auf, dass ich noch nie in Roswithas Wohnung gewesen war. Ich notierte mir die Adresse und ging ins Café, wo gerade die Teeschwestern zu ihrem Treffen eintrudelten.

»Da sitzt einer an unserem Tisch«, zischte mir Tabea zu und deutete unauffällig zu einem einzelnen Herrn in einer Trachtenjacke. »Hast du vergessen, das *Reserviert*-Schild aufzustellen?«

»Tut mir leid Emely«, flüsterte mir Leevke zu, die plötzlich neben mir stand. »Tut mir leid. Ich habe es vergessen.«

Hedwig hatte sich neben Tabea gestellt und sah mich vorwurfsvoll an.

»Meine Lieben, es ist doch nicht schlimm, wenn ihr euch heute mal hinten in die Ecke auf das Ostfriesensofa setzt«, versuchte ich die Wogen zu glätten. »Ich kann ja den Gast jetzt nicht wegschicken.«

»Meinetwegen«, maulte Tabea und lief mit Hedwig

im Schlepptau auf den ihnen zugewiesenen Platz. Netti und Franziska verloren kein Wort über die geänderte Sitzordnung, als sie sich zu ihren Freundinnen gesellten. Zum Ausgleich für die Unannehmlichkeiten, die ich den Damen bereitet hatte, servierte ich ihnen erst einmal eine Runde Teelikör.

Tabea grinste. Hedwig roch an dem Getränk und sah mich an. »Also wenn wir jedes Mal eine Runde gratis bekommen, setze ich mich öfter woanders hin, zur Not auch auf den Fußboden.«

»Das mit dem Fußboden lässt du schön bleiben«, ordnete Netti an. »Vielleicht hast du es vergessen, aber wir sind bereits in dem Alter, in dem man sich nie, ich wiederhole, *nie* auf den Boden setzt.«

Franziska spielte mit ihren zahlreichen Armbändern. »Meinst du, das ist unschicklich?«

»Dummchen«, feixte Netti, »du kommst von alleine nämlich nicht mehr hoch. Sei froh, dass es dir noch nicht passiert ist.«

»Was meinst du denn?« Franziska verstand wohl nur Bahnhof. Ich stand immer noch am Tisch, bereit, die Bestellung des Quartetts aufzunehmen.

»Ich war mal zu einer Gartenparty eingeladen«, begann meine Schwiegermutter, »ist schon ein paar Jahre her. Ich glaube, das war in Bensersiel oder …? Ist ja auch egal. Da waren so Folkloresänger, total gut. Die Stimmung war wie in den Sechzigern. Wisst ihr ja noch? Hippie, bunte Kleider und freie Liebe.« Sie rollte schwärmerisch mit den Augen und spitzte den Mund. »Ich sage euch … eine Menge Leute standen um die Band herum und hörten zu. Nacheinander ließen sich alle ins Gras fallen. Ich blöde Kuh auch. Den Rest könnt ihr euch ja denken. Zugegeben, ich war nicht die Einzige, aber es mussten zwei Herren an mir ziehen, bis ich wieder auf den Beinen war. Das war so peinlich.«

»Gut, dass du uns gewarnt hast«, meinte Franziska, »aber gegen so einen jungen hübschen Mann, der mich vom Boden hochzieht, hätte ich nichts.«

Die Damen kicherten und orderten Tee und Torte. Am Rande bekam ich mit, dass sie jetzt die Frage erörterten, wie lange man sich auf solche sportlichen Experimente einlassen sollte, ohne zur Lachnummer zu werden.

Gleich nachdem wir geschlossen hatten, setzte ich mich auf mein Fahrrad und fuhr zu Roswithas Einliegerwohnung, die in einem sehr modernen Haus gelegen war.

»Ich wusste gar nicht, dass du so vornehm wohnst«, sagte ich zur Begrüßung und ging an ihr vorbei in die Diele.

»Das Haus gehört meinem Bruder, aber der ist meistens in Düsseldorf. Komm, wir gehen in die Küche. Ich habe Hunger. Magst du Pizza?«

»Essen geht bei mir immer.« Ich nahm Platz. »Bist du erkältet?«

Sie schüttelte den Kopf und schob zwei Pizzen in den vorgeheizten Ofen. »Nein, ich habe einen Kater, aber sag das nicht weiter.«

»Wie ist das denn passiert?« Wahrscheinlich war ihr das Gleiche passiert, wie mir, als ich bei Jasper zu viel Rotwein getrunken hatte.

»Ich wollte gestern nach Dienstschluss nach Hause und kam an unserer Hausbar vorbei. Normalerweise gehe ich hintenrum, aber gestern war das anders. Jedenfalls standen da ein paar der amerikanischen Gäste und sprachen mich an, ob ich ihnen etwas über unser wundervolles Ostfriesland erzählen könnte.«

Roswitha setzte sich ebenfalls und hielt ihren Kopf fest. »Ich dumme Nuss habe mich darauf eingelassen. Also erzählte ich, natürlich alles in Englisch. Wusstest du das *plattes Land* auf Englisch *flat country* heißt?«

»Nee, meine Englischkenntnisse halten sich in Grenzen.«

»Tom hat mir das gesagt. Jedenfalls war das alles so anstrengend. Ohne es zu merken, habe ich Whiskey getrunken, mehrere Whiskeys, um genau zu sein – und jetzt ist mein Kopf so groß wie der Mond.«

Die Pizza war fertig. Wir aßen ohne viele Worte. Roswithas Frage nach einem Glas Rotwein verneinte ich.

»Weshalb bist du überhaupt gekommen?«

»Du kennst doch Bekki und Jana Winterboer näher. Die beiden Schwestern waren doch auch zu Gast bei Wilma.«

»Bekki kenne ich besser«, nickte Roswitha. »Jana hat eine Weile in Hannover gewohnt. Nach ihrer Scheidung ist sie bei ihrer Schwester eingezogen, die ebenfalls ihren Gatten in die Wüste geschickt hat. Beide haben dann ihren Mädchennamen wieder angenommen. Was ist denn mit den beiden?«

Ehe ich antworten konnte, klopfte mir Roswitha auf den Arm. »Ich weiß, die stehen ja auf der Liste und jetzt willst du etwas aus ihnen herausquetschen.«

»Stimmt genau, und du sollst mich begleiten, damit ich nicht mit der Tür ins Haus fallen muss.«

»Am besten ist immer, man nimmt den direkten Weg.« Die Hausdame legte ihr Besteck hin. »Ich geh mal telefonieren. Wo ist das verdammte Telefon?«

Sie verschwand im Flur. Nach einer Weile hörte ich sie reden, einmal lachte sie schrill auf.

»Morgen um vier Uhr werden wir zum Tee erwartet«, verkündete Roswitha und lehnte sich an den Türrahmen. »Bekki meint, dass sie Wilma sehr gut kannte und freut sich, dir helfen zu können.«

»Du hast gesagt, dass ich sie ausfragen will?«

»Nein. Nicht so direkt, aber sinngemäß schon.«

»Was soll's, stimmt ja.«

Roswitha gab mir die Adresse der Schwestern und versprach, pünktlich fünf Minuten vor der vereinbarten Zeit vor der Tür zu warten.

Sie zeigte mir noch ein paar Fotos von ihrem letzten Spanienurlaub, präsentierte mir ihr neues Kostüm, lindgrün mit blau abgesetzten Taschen.

Gegen neun Uhr nahm Roswitha noch zwei Aspirin und schickte mich nach Hause.

17

Am nächsten Morgen kam Teelse schwer atmend mit einer Reisetasche zur Arbeit.

»Willst du verreisen?« Ich hielt ihr die Tür auf.

»Nee, das sind doch die Tischdecken, die meine Schwester genäht hat«, klärte sie mich auf.

Sie öffnete die Tasche und zum Vorschein kamen herrlich frische blau-weiß gestreifte Tischdecken. Freudig legten wir unsere Neuanschaffung auf die Tische.

»Das sieht wirklich sehr gediegen aus«, meinte Teelse und strich über den Stoff.

»Echt schön«, bewunderte ich unsere neue Errungenschaft. Teelse gab mir den Zettel mit den Ausgaben fürs Nähen und die Kontonummer ihrer Schwester.

Ungeduldig erledigte ich meine Arbeit und hoffte, dass die Zeit bis zum Nachmittag schnell vergehen würde. Zu neugierig war ich, was die Winterboer-Schwestern zu erzählen hatten.

Elaine rief mittags an. »Du Emely, ich bin hier in

Bremen in der Innenstadt. Was meinst du, sollte ich mich zur Heilpraktikerin ausbilden lassen?«

»Wie kommst du denn auf die Idee?«

»Hier ist so ein Angebot. Ich dachte, das wäre mal was Sinnvolles.«

Die Frau überraschte mich immer wieder. »Nimm die Unterlagen mit nach Hause«, empfahl ich ihr, »dann kannst du in Ruhe überlegen.«

Elaine hatte aber auch Ideen. Im Geiste hatte sie schon viele Male ein Unternehmen gegründet, darunter war auch einmal die Eröffnung eines schnuckeligen kleinen Hotels in der Lüneburger Heide. Einmal hatte sie sogar erwogen, eine Ausbildung zur Hebamme zu machen. Nach ein paar Tagen rückte sie damit heraus, dass sie es nur in Betracht gezogen hatte, weil der Dozent für Anatomie ausgesehen hatte wie Georg Clooney. Ich brauchte einige Zeit, um ihr klarzumachen, dass man diesen verantwortungsvollen Beruf nicht erlernen sollte, nur weil einer der Dozenten attraktiv war.

Endlich war es Nachmittag und ich konnte aufbrechen. Pünktlich stand ich vor dem Haus der Winterboers.

»Hast du schon geklingelt?«, hechelte Roswitha, als sie angerannt kam.

»Nein, mach du mal.«

Roswitha drückte auf die Klingel und schon nach ein paar Sekunden öffnete uns eine freundliche ältere

Frau die Tür und bat uns rein. »Wir gehen in die Wohnstube. Meine Schwester wartet schon auf euch.«

Auf dem Sofa saß die gleiche Frau, die uns die Tür geöffnet hatte.

»Moin ihr zwei«, meinte Roswitha. »Ich habe Emely gar nicht erzählt, dass ihr Zwillinge seid.« Mein überraschtes Gesicht sprach sicher Bände. Sie kicherte. »Geht's euch gut?«

»Setzt euch doch«, bat die Frau auf dem Sofa. »Ich bin Bekki und wir sind gespannt, was ihr zu erzählen habt.«

Sie sah mich aufmerksam an. »Irgendwoher kenne ich … ja, deine Schwiegermutter ist Netti, stimmt's?«

Ich nickte. »Ich bin Emely und das Café Kluntje am Hafen …«

»Klar doch, kennen wir«, unterbrach mich Jana. »Wir waren früher mal enger mit Netti befreundet. Dann bin ich weggezogen, weil ich meinte, ich wäre dem Glück meines Lebens begegnet. Pustekuchen.«

»Lass doch die ollen Kamellen«, schimpfte Bekki. »Sei froh, dass du den Kerl los bist. Ich für meinen Teil sehe meine Scheidung als Befreiung.«

Jana servierte den Tee, ohne auf die Bemerkung ihrer Schwester einzugehen. Sie reichte uns eine Schale mit Zimtplätzchen. »So Emely, jetzt kannst du uns alles fragen.«

Wie sollte ich am besten beginnen? »Es geht um Wilma, wie ihr euch ja denken könnt. Wie war sie so?«

Bekki kicherte. »Die war schon eine Nummer. Wir waren ja im gleichen Kegelclub. Die hat die Kugel vielleicht auf die Bahn gedonnert, meine Herrn!«

»Und wenn sie wütend war, dann war es noch schlimmer«, ergänzte Jana, »wir dachten manchmal, sie würde die ganze Anlage in Grund und Boden donnern.«

Roswitha nickte. »Ja, sie konnte sehr aufbrausend sein.«

»Und beschissen hat sie uns«, warf Bekki ein, »den jeweiligen Spielstand haben wir ja mit Kreide auf eine Tafel geschrieben. Wilma hat dann, wenn sie sich unbeobachtet glaubte, die Zahlen zu ihren Gunsten einfach geändert.«

»Das gab doch bestimmt Ärger, oder?«, vermutete ich.

»Eines Tages wurde sie nachdrücklich gebeten, den Kegelclub zu verlassen«, erzählte Jana, »aber trotzdem blieben wir befreundet.«

»Wir waren für Wilma eine angenehme Gesellschaft, weil wir nie was gesagt haben«, bemerkte Bekki. »Sie hatte immer gerne Leute um sich, die ihr nichts entgegensetzten.«

»Das kann ich allerdings bestätigen«, sagte Roswitha. »Immer schön die Klappe halten, aber hingerannt, wenn sie eingeladen hatte, sind sie alle.«

»Das verstehst du nicht«, entgegnete Jana, sichtlich pikiert, »in unserem Alter sind wir dankbar für alle

Abwechslung und jede Gelegenheit, einen Klönschnack zu halten.«

Das alles deckte sich mit den bisherigen Beschreibungen über den Charakter der Toten. »Kanntet ihr die Geschwister van Gerpen auch als Kinder?«

»Klar, wir waren ja in einem Alter, so ungefähr jedenfalls«, antwortete Jana. »Der olle van Gerpen war sehr streng und ein bisschen meschugge. Der hat doch tatsächlich immer behauptet reich zu sein, wegen der Diamanten, die er mitgebracht hätte.« Jana tippte sich an die Stirn.

»Und Gudrun?«

»Das war so eine ganz Schüchterne. Zart war sie, nicht so wie Wilma, die war schon als Kind wie ein Bulldozer«, erzählte Bekki. »Wann ist denn eigentlich die Beerdigung?«

»Ich glaube, es gibt eine Seebestattung«, entgegnete Roswitha.

»Um noch mal auf Gudrun zurückzukommen«, versuchte ich die Aufmerksamkeit auf mein Anliegen zu lenken. »Sie ist ja ganz früh weggegangen. Habt ihr eine Ahnung, warum das so war? Ist etwas Einschneidendes passiert?«

»Tja …« Bekki sah ihre Schwester an. »Sie war nie viel draußen, fast immer nur zu Hause. Weißt du mehr, Jana?«

»Ich kann mich noch dunkel erinnern, dass sie mit dem Sohn vom Kurdirektor rumgemacht haben soll.«

Jana zuckte mit den Schultern. »Jedenfalls waren da so Gerüchte.«

»Gudrun?«, sagte Bekki und hob empört die Augenbrauen. »Nie und nimmer. Gudrun war, als sie weg ist, noch ein halbes Kind.«

»Ist ja auch egal«, mischte sich jetzt Roswitha ein. »Gudrun ist damals weg und schon lange gestorben, außerdem hat diese Geschichte nichts mit Wilmas Tod zu tun.«

Die beiden Schwestern nickten zustimmend.

»Mich würde interessieren, ob ihr jemanden kennt, der Wilma so sehr gehasst hat, um ihr nach dem Leben zu trachten.« Endlich kamen wir mal auf den Punkt.

»Eine Menge Leute, das kannst du uns glauben«, brach es aus Jana heraus. »Wilma hat viele Leute gekränkt.« Sie wandte sich zu ihrer Schwester um, die mit ihrem Teelöffel spielte. »Mit uns war sie ja freundlich, also nicht so ätzend, wie zu vielen anderen.«

Bekki wiegte bedächtig ihren Kopf hin und her. »Na ja, immer freundlich war sie nicht, aber wir haben es eben geflissentlich überhört, weil wir den Kontakt zu ihr nicht abbrechen wollten.«

»Die Einladungen waren ja immer sehr schön«, ergänzte Jana. »Ich habe oft überlegt, wie Gernot das mit dieser Frau ausgehalten hat.«

»Da muss ich mich bei vielen Leuten wundern«, meinte Roswitha.

»Man mag es ja nicht laut aussprechen, aber hat

nicht Jasper vielleicht was damit zu tun?« Bekki sah verlegen nach unten. »Ihr wisst schon, was ich meine. Da gab es doch immer Streit wegen dieser Diamanten.«

Dieser Gedanke war mir ja auch schon gekommen. Es war Zeit, alle Erkenntnisse, die ich bis jetzt erhalten hatte, in eine geordnete Form zu bringen. Und dafür brauchte ich Bertus. Um mein Anliegen schnell in die Tat umzusetzen, ging ich auf das Klo der Winterboers und schickte dem Exkommissar eine Nachricht, mit der Bitte, morgen ins Café zu kommen, zwecks ordnen der Fakten. Das klang ein wenig gestelzt, aber er würde das so am besten verstehen.

Zurück am Teetisch hatten sich die Damen den schönsten Dingen des Lebens zugewandt, nämlich der Erörterung des Verhaltens ihrer Mitbürger. Emely, du bist genauso, redete ich mit mir selbst, auch ich ordnete meine Mitmenschen in ›harmlos‹ oder ›verdächtig‹ ein, doch im Gegensatz zu den anderen, tat ich das meistens schweigend. Aber das machte es um keinen Deut besser.

18

»Ich mach das doch nicht«, meinte Elaine und wedelte sich mit einer Fernsehzeitschrift frische Luft zu. »Ich könnte mich nackig ausziehen, so schwitze ich.«

Wir saßen auf dem Ostfriesensofa im Café. Die Zahl der Gäste war jetzt kurz nach der Öffnung noch überschaubar, somit hatte ich Zeit, mit Elaine zu reden.

»Was machst du nicht?«

»Das mit dem Heilpraktiker«, informierte sie mich. Sie kramte in ihrer Handtasche und legte einen dicken Prospekt auf den Tisch. »Die ganze Ausbildung dauert zwanzig Monate. Bis dahin bin ich ja alt und schrumpelig.«

»Na ja, so alt bist du ja nun auch nicht. Es lohnt sich immer, etwas Neues anzufangen.«

»Nee, lass mal, ich habe eine andere Idee.« Sie zog einen großen Umschlag aus der Tasche. »Das ist eine Künstlerin, die ich in Bremen kennengelernt habe.« Sie legte mir ein paar große Fotos hin, auf denen abstrakte Bilder zu sehen waren. »Frauke van den

Hook hat schon mehrere Ausstellungen im In- und Ausland gehabt. Deshalb habe ich mir gedacht, ich könnte hier im Café eine Ausstellung planen. Was sagst du dazu?«

Im ersten Moment war ich total überrumpelt. »Wir haben das schon einmal gemacht«, erinnerte ich mich, »aber seitdem habe ich nie mehr daran gedacht. Wie groß sind denn die Bilder der Malerin?«

»Nicht sehr groß.« Elaine zeigte auf einen Wandkalender mit maritimen Motiven. »So ungefähr in der Größe.«

»Das ginge ja noch«, stimmte ich zu. »Aber das muss ja alles geplant werden, die Eröffnung, Einladungen und so weiter. Und was das alles kostet?«

»Da mach dir mal keine Gedanken. Ich spende das alles. Wir müssen nur ein Datum ausmachen und den Rest erledige ich ganz alleine.« Freudig sprang sie auf. »Und wenn es gut läuft, werde ich mich in Zukunft als Galeristin betätigen.«

Sie war Feuer und Flamme. Wir setzten auf ihr Drängen hin ein Datum fest. Elaine rauschte danach glückselig von dannen.

Bertus hatte zurückgeschrieben, dass er erst am Abend kommen könnte. Er würde dann bei mir an der Wohnung klingeln, da ich dann ja sicher schon Feierabend gemacht hätte.

Das war mir sehr recht. Zu meinem Leidwesen hatte eine Mitarbeiterin meines Steuerberaters eine weitere Nachricht hinterlassen, ich möge doch bitte mit den Unterlagen schnellstmöglich vorbeikommen.

Ich pinnte einen Zettel an den Bildschirm meines Computers, auf dem nur ein Wort stand: *USB-Stick*.

Selma hielt mir ein Stück Nusstorte hin, als ich in die Küche kam. »Der neue Ofen ist super. Ich habe noch nie so schnell gebacken wie jetzt.«

»Ich dachte immer, alle Öfen backen gleich.« Genussvoll biss ich in das Stück Kuchen. »Herrlich«, schwärmte ich. »Ist das Rezept neu?«

»Nee, nicht so ganz. Ich habe nur etwas mehr Zimt reingemacht«, erklärte sie und zeigte auf drei Kuchen, die sie bereits fertig hatte.

»Dann bringen wir die schnell mal raus in die Vitrine, damit die Gäste sehen, was es für eine tolle Auswahl an Kuchen bei uns gibt.«

Ich dankte jeden Tag dem Universum, dass es mir damals Selma geschickt hatte. Es gab niemanden, der bessere Kuchen und Torten buk, als sie.

Gerade hatte ich das benutzte Teegeschirr einer Gruppe Wanderer vom Tisch abgeräumt, als Maren Dirksen in der Tür stand und verhalten winkte.

»Das ist ja schön, dass Sie mal vorbeikommen.« Ich lotste sie zum Fenstertisch, der gerade frei geworden war. »Kann ich Ihnen was bringen?«

»Ja, ein Tee wäre nicht schlecht. So mit Kluntje und allem Drum und Dran. Vielleicht hätten Sie fünf Minuten Zeit?«

»Kommt sofort«, entgegnete ich. Zügig bereitete ich ein Teetablett vor und vergewisserte mich bei Leevke, dass ich mich einen Moment ausklinken konnte.

»Wie geht es Ihnen denn?«, wollte ich von ihr wissen, nachdem sie ihre erste Tasse Tee getrunken hatte. Sie griff nach der Kanne auf dem Stövchen und schenkte sich nach.

»Eigentlich ganz gut«, erzählte sie und fuhr fahrig mit der Hand über die Tischdecke.

Auf mich machte sie den Eindruck, dass es ihr nicht wirklich gut ging. »Roswitha hat gesagt, Ihre Mutter wird in der Nordsee bestattet?«

»Ja, das stimmt.« Sie zuckte mit den Schultern. »Mein Vater und ich haben uns mit der Seebestattung gegen Franzi durchgesetzt, die wollte nämlich ein Urnengrab.«

»Der Streit in der Gärtnerei wegen der Blumen …«

»Ach das«, unterbrach sie mich. »Mein Vater hat angeordnet, dass wir Rosen nehmen.«

»Dann ist der Streit ja jetzt beigelegt.«

Maren nickte. Sie sah blass und verhärmt aus. Es muss anstrengend sein, die ganze Zeit mit der Familie im Clinch zu liegen.

»Gibt es etwas Neues? Ich meine wegen meiner Mutter? Wissen Sie da etwas?«, fragte sie mit leiser Stimme. »Ich weiß ja, dass Sie in dieser Hinsicht bereits tätig waren.«

»Da kann ich Ihnen leider nicht viel erzählen«, erwiderte ich. Die Tatsache, dass der Insulinpen schon einmal manipuliert worden war, behielt ich lieber für mich. Entweder wusste sie es schon, ansonsten war es sicherlich besser, Maren nicht noch mehr aufzuregen. Schließlich war sie durch den Zank mit ihrer Schwester schon genug bestraft.

»Nein, ich weiß auch nur, was die Polizei bisher veröffentlicht hat«, antwortete ich, »obwohl ich immer und überall diesbezüglich die Augen offenhalte.« Ich beglückwünschte mich zu dieser geschickten Formulierung. Das klang nämlich überhaupt nicht nach neugieriger Ziege.

Maren wirkte unruhig. Sie erzählte mir noch, dass sie sich jetzt häufig bei ihrem Vater aufhalten würde, aber nur, wenn sie sichergehen konnte, dass ihre Schwester nicht in ihrem Elternhaus zugegen war.

Sie verabschiedete sich bald und ich blieb grübelnd zurück. Hoffentlich kam Bertus bald, der mir sicherlich helfen würde, das ganze Chaos von Erkenntnissen zu ordnen.

Der Tag zog sich hin. Die Gäste kamen und gingen, tranken Tee und lasen eine Weile in einem der Bücher, die in unseren Regalen standen. Wir machten pünktlich Feierabend. Auf den Exkommissar hatte ich bis dahin vergeblich gewartet.

Ich hatte gerade die Dusche verlassen, als es gegen neun Uhr abends klingelte. In meinen großen Bademantel gehüllt öffnete ich die Tür. Es war Bertus. »Ich habe echt gedacht, du kämst nicht mehr.«

»Ja, dachte ich auch«, grummelte er und ging an mir vorbei in die Wohnung. »Ich hatte einen kleinen

Unfall, nur Blechschaden, aber der ganze Papierkram …«

»Hast du den Unfall verursacht?« Ich stellte den Wasserkocher an. Tee war immer gut.

»Ja, ich bin einem Mann aus Reutlingen hinten draufgefahren. Der hat vielleicht geschimpft.« Bertus setzte sich. »Egal, lässt sich alles regeln.«

Nachdem ich Tee gemacht und die Packung mit meinen Lieblingskeksen auf den Tisch gestellt hatte, holte ich mir aus dem Wohnzimmer einen Block, um das Ergebnis unserer Unterhaltung für mich zum Nachlesen schriftlich festzuhalten.

»Also, da hätten wir das Opfer«, begann ich, »das durch die Gabe von zu viel Insulin verstorben ist. Richtig?«

Bertus nickte und schlürfte seinen Tee.

»Des Weiteren wissen wir, dass es auch zu einem früheren Zeitpunkt wegen einer falschen Dosierung beinahe zu einem Zwischenfall gekommen wäre.«

»Bleibt die Frage: Wann wurde damals der Insulinpen manipuliert und wer kommt dafür infrage?«

Ich nickte. »Stimmt, es gibt keinerlei Anhaltspunkte. Dann konzentrieren wir uns einfach auf den Tag, an dem Frau Dirksen verstorben ist. Sie hatte jede Menge Gäste eingeladen und jeder der Anwesenden hatte die Gelegenheit, den Pen falsch einzustellen.«

»Genau das ist der Punkt.« Mit spitzen Fingern tauchte Bertus eines der Plätzchen in den Tee und schob es sich anschließend in Windeseile in den Mund. »Meine Kollegen haben alle Gäste befragt«, sagte er nach einer Weile, »niemand hat etwas gesehen, keiner kann nähere Angaben machen, was passiert sein könnte.«

Ich warf den Stift auf den Tisch. »Wilma hat viele Leute verärgert. Wer weiß, was sie sonst noch angestellt hat. Gehen wir mal die Familie durch. Jasper mit seiner Giftbude?«

»Da wissen wir auch nichts Genaues«, sagte Bertus, »er hatte auch Probleme mit seiner Schwester. Und dann sind da ja noch die angeblichen Diamanten. Vielleicht sind die das eigentliche Tatmotiv?«

»Ja, das ist allerdings alles sehr mysteriös. Er vermutet ja, dass seine Schwester schon längst alles an sich gebracht hatte, aber kann man ihm glauben?« Insgeheim konnte ich mir nur schwer vorstellen, dass ein Mann wie Jasper so raffiniert sein konnte, die Medikamentendosis seiner Schwester zu manipulieren.

»Siehst du«, meinte Bertus und tunkte noch ein weiteres Plätzchen in den Tee, »es führt zu nix.«

»Ich habe ja mit einigen Gästen gesprochen, aber alle haben bestätigt, dass Wilma ein Biest war.« Ich blickte auf meinen noch immer leeren Zettel. »Eine Frau will ich noch besuchen. Das war wohl auch eine Freundin der Verstorbenen.«

»Ich sage es ja nicht gerne, aber ich glaube, in diesem Fall kannst du dir jede Mühe sparen. Dieser Mord wird sicherlich auf den Stapel der ungeklärten Fälle wandern. Die meisten Tötungsdelikte werden zwar aufgeklärt, aber dies ist vielleicht einer der wenigen, wo sich jeder die Zähne dran ausbeißt.«

Das waren ja schöne Aussichten. Ich angelte mir gleich zwei Plätzchen und schob sie mir in den Mund.

19

»Soll ich Ihnen die Hose eine Nummer größer bringen?«, fragte mich die Verkäuferin. Ich hätte schwören können, dass sie dabei schadenfroh gelächelt hat.

»Vielleicht liegt es am Modell?«, gab ich kleinlaut von mir und versuchte, meinen Bauch in das Kleidungsstück zu pressen. »Die Beine sind auch viel zu lang.« Demoralisiert sah ich an mir runter.

»Warten Sie.« Die junge Frau holte eine weitere Hose von dem Verkaufsständer. »Das ist jetzt eine Nummer größer und eine Kurzgröße. Das ist für Frauen, die eine bestimmte Größe haben, aber dafür nicht groß genug sind.«

»Sie meinen, oben breit und insgesamt zu kurz?« Frust machte sich jetzt endgültig bei mir breit.

»Ja, wenn Sie es so formulieren wollen.«

Die Verkäuferin war beneidenswert schlank und hatte somit gut reden. Egal, eine Elfe würde ich nie werden. Ich nahm gleich zwei Paar Jeans mit, dies würde mir vorerst weitere unangenehme Situationen dieser Art ersparen.

Leevke rief an, als ich im Bulli saß. »Weißt du, wo die Ersatztischdecken sind?«

»Unter dem Tresen in der Klappe, da müssten noch welche sein.« Ich sah auf die Einkaufstüte auf dem Beifahrersitz.

Für die modebewusste Frau stand in geschwungener Schrift drauf. Mich können die damit ja nicht gemeint haben, da war ich mir ganz sicher.

»Und ist viel los?«, wollte ich von der jungen Frau wissen.

»Nöö, von mir aus kannst du noch spazieren gehen.« Sie lachte schallend.

»Wenn du das sagst, mir ist nach frischer Luft«, freute ich mich. »Ich bleibe nicht so lange.«

Die Fahrt von Wittmund nach Neuharlingersiel dauerte nicht lange. Ich lenkte mein Auto Richtung Strand, parkte und stieg aus. Ja, ein Spaziergang im milden Frühlingswind würde mir guttun. Um diese Jahreszeit, außerhalb der Schulferien, waren viele Senioren und Familien mit kleinen Kindern hier an der Küste. Die Herrschaften genossen die Maisonne oder buddelten mit ihrem Nachwuchs am Strand tiefe Löcher, um diese dann mit Meerwasser zu füllen.

Ein ganzes Stück war ich schon gelaufen, als mein Telefon klingelte.

»Emely?« Es war Tom Davis.

»Ja, was gibt es?«

»Es rauscht so bei dir. Bist du draußen?«

»Ja, am Strand.«

»Sag mir mal, wo genau du bist. Dann komme ich dahin.«

Prüfend sah ich mich um. »Ich bin hier an der Bude der Strandkorbvermieter.«

»Ich werde das schon finden. Warte auf mich.«

Es dauerte nur zehn Minuten, da kam der junge Amerikaner schon angerannt. Atemlos setzte er sich neben mich auf die kleine Mauer.

»Ist was passiert?« Fragend sah ich ihn an.

Er holte sein Handy hervor. »Meine Tante Carolin, die Schwester meines Vaters, hat mir eine Mail geschickt.«

Ungeduldig hantierte er am Telefon. »Sie wusste ja, dass ich auf der Suche nach Gründen bin, weshalb meine Mutter … hier ist es. Also, sie hat in ihren Unterlagen einen älteren Brief meiner Mutter gefunden, in dem sie schreibt, dass man ihr in ihrer Heimat etwas Wertvolles weggenommen hat, und sie deshalb von zu Hause weggegangen ist.« Tom zuckte mit den Schultern. »Was hat sie damit gemeint?« Er wirkte ziemlich hilflos.

»Sonst steht nichts weiter drin?«

»Nur so allgemeiner Kram, schreibt meine Tante. Sie weiß auch nicht, was das bedeuten soll.«

»Etwas Wertvolles, was sie besessen hat«, murmelte ich. »Deine Mutter war ja noch sehr jung. Meinte sie die Diamanten oder eine Katze oder so?«

»Deshalb ist sie ausgewandert? Weil man ihr die Katze weggenommen hat?«

»Nein, das ist unwahrscheinlich«, stimmte ich ihm zu. »Wilma kannst du ja nicht mehr fragen, aber Jasper … ja, fahr zu ihm hin und frag ihn.«

»Vielleicht hast du recht.« Er sprang auf. »Ich mach das jetzt gleich.«

Für mich war es auch Zeit, nach Hause zu fahren. Leevke verabschiedete gerade die letzten Gäste. »Elaine ist in der Küche bei Selma«, informierte sie mich, »sie hat noch eine Frau dabei.«

»Ich geh mal rüber.«

Elaine und eine mir unbekannte Frau saßen mit Selma am Küchentisch.

»Gut, dass du endlich kommst«, rief Elaine und deutete auf die Frau neben sich. »Das ist Frauke. Wir wollten mal ausmessen, wie viele Bilder sie aufhängen kann.«

»Bilder?«, stotterte ich.

»Liebes, übermorgen Abend ist die Ausstellung. Frauke meint, dass wir das alles zügig über die Bühne bringen können. Sie hat ja alles schon vorbereitet.«

Das hatte ich ja ganz vergessen. »So schnell schon?«

»Ja, wie die Zeit vergeht«, philosophierte Selma. »Ehe man sich versieht, ist schon wieder Weihnachten.«

»Wir gehen mal rüber, und morgen nach Geschäftsschluss hängen wir alles auf«, verkündete Elaine gutgelaunt und zog die Künstlerin hinter sich her in den Gastraum.

»Ich mache ein paar Törtchen zur Eröffnung mit Frischkäse«, informierte mich Selma. »Deine Freundin hat gesagt, die Getränke werden morgen früh geliefert. Mal sehen, ob ich Fridjof zur Ausstellungseröffnung von seinem Sofa runterbekomme.«

Hätte ich nur die Ausstellung nicht zugelassen. Das war zu viel in meinem Kopf. Die beiden Frauen brauchten fast zwei Stunden für ihre Planungen. Ich saß derweil höfliches Interesse bekundend an einem der Tische und dachte an Toms Mutter. Welcher Verlust ist für ein schüchternes junges Mädchen so einschneidend, dass sie es nicht mehr zu Hause aushält? Mir fiel nichts ein.

Meine Gedanken wanderten zu Wilma und ihren Töchtern. Plötzlich kam mir die Aussage von Gernot wieder in den Sinn. Wie war das noch? *Das Verhältnis von Wilma zu ihren Töchtern, besonders zu Maren, war nicht immer einfach. Ich habe eine Vermutung, warum das so war, bin mir aber nicht sicher.*

Ja, genauso hatte ich das in Erinnerung. Vielleicht sollte ich dem Witwer noch mal einen Besuch abstatten? Aber zuerst würde ich Meggie Olsen aufsuchen, um zu hören, was sie mir über das Opfer und dessen Familie erzählen konnte.

20

Dieses Vorhaben setzte ich gleich am nächsten Vormittag um. Die genaue Adresse entnahm ich dem örtlichen Telefonbuch und ging aufs Geratewohl dorthin.

Eine junge Frau öffnete mir auf mein Klingeln hin die Tür. Das war auf alle Fälle nicht Margarete Olsen.

»Ja bitte?«

»Mein Name ist Emely Petersen und ich hätte gerne mal mit Frau Olsen gesprochen.«

Sie lächelte. »Ja, bitte?«

»Sie sind Frau Olsen? Dann meine ich Ihre Mutter oder Schwiegermutter?«

»Ja, meine Schwiegermutter.« Sie öffnete die Haustür ganz. »Kommen Sie. Meggie wohnt hinten im Anbau. Aber ich weiß nicht, ob Sie zurechtkommen, sie ist nämlich fast taub. Ihr Hörgerät liegt meistens in der Schublade.«

»Ich kann es ja mal versuchen.« Ohne große Erwartung folgte ich der jungen Frau Olsen.

Die Seniorin saß in ihrem Sessel und sah uns erwartungsvoll an.

»Besuch für dich«, brüllte die Schwiegertochter. Sie wandte sich zu mir um. »Sie hat das Hörgerät nicht an. Versuchen Sie ihr Glück.«

»Moin«, begrüßte mich Maggie Olsen, als ihre Schwiegertochter das Zimmer verlassen hatte. Sie sprach mit normaler Lautstärke. »Sie können sich setzen, wenn Sie wollen.«

Ich nahm ihr gegenüber Platz. »Können Sie mich denn verstehen?«

Sie nickte und grinste. »Klar, ich habe mein Hörgerät an und verstehe alles. Manchmal tue ich so, als ob ich nichts mitbekomme. Sie können mir glauben, so habe ich schon manche heiklen Dinge erfahren.«

»Das ist ja raffiniert.«

»Bis jetzt ist meine Familie noch nicht dahintergekommen und das soll auch so bleiben.« Sie setzte sich aufrecht hin. »Wie kann ich Ihnen helfen?«

Ich entschloss mich, es mit der Wahrheit zu versuchen. »Wissen Sie, zuweilen betätige ich mich ein wenig als Hobbydetektivin. Gerne beobachte ich Menschen und versuche, hinter ihre Geheimnisse zu kommen.«

Mit einem schelmischen Lächeln sah sie mich an. »Das heißt, Sie sind neugierig?«

»Ja, Sie haben mich erwischt.«

»Das macht nichts. Sie sind sicherlich nicht die Einzige, die so tickt. Wie kann ich Ihnen helfen?«

»Sie kannten doch Wilma Dirksen?«

Frau Olsen schlug die Hände zusammen. »Ein Unglück ist das. Wer hätte gedacht, dass jemand Wilma so etwas antut.«

»Ja, das ist eine schlimme Sache. Sie waren doch auch zu ihrer Geburtstagsfeier eingeladen?«

»Ja, das stimmt, obwohl unsere Bekanntschaft sehr locker war. Ich muss gestehen, dass ich mich vor Jahren etwas zurückgezogen hatte, aber Wilma hat darauf bestanden, dass ich komme.«

»Darf ich fragen, warum Sie Abstand gehalten haben?«

Die alte Frau seufzte. »Wilma wurde mir mit der Zeit zu anstrengend.«

»Was hat sie denn gemacht?«

»Sie hat vor Jahren … ach, holen Sie doch mal aus der oberen Schublade der Kommode das Album.«

Ich sah mich um. »Wo meinen Sie?«

»Am Fenster, die Kommode. Sehen Sie in der obersten Schublade mal nach. Da müsste ein rotes Fotoalbum liegen.«

Das Gesuchte fand ich auf Anhieb und brachte es ihr. Sie schlug es auf und deutete auf ein Gruppenfoto gleich auf der ersten Seite. »Das Foto ist ungefähr fünfzehn Jahre alt«, erzählte sie und fuhr mit der flachen Hand darüber, »das war eine Gruppenreise nach England. Die Küste im Südwesten … herrlich sage ich Ihnen.« Sie legte ihren Zeigefinger direkt in das Gesicht eines mittelalten Herrn, der am Rand der Gruppe stand. »Hier, das ist er.«

»Wer soll das sein?«

»Mit dem Kerl hat Wilma was angefangen. An seinen Namen kann ich mich leider nicht mehr erinnern. Ich weiß nur, dass er in Oldenburg gewohnt hat.«

»Wilma hatte ein Verhältnis?«

Meggie Olsen nickte. »Während unserer Reise, und das in ihrem Alter.«

»Wie alt war Wilma damals?«

Sie runzelte die Stirn. »Da muss sie Anfang sechzig gewesen sein. Und ihr Mann sitzt zu Hause und wartet auf seine Frau. Sie war schließlich Mutter von zwei Töchtern. Ich finde, das gehört sich nicht.«

Das alles passte für mich in das Bild, welches ich mir von der Toten gemacht hatte. Sie war mit allen Wassern gewaschen, respektierte niemanden und wollte immer, dass alles so ablaufen sollte, wie sie das gerne gehabt hätte.

»Ging die Geschichte mit dem Mann weiter? Ich meine, auch nach der Reise?«

Frau Olsen hob etwas ihre Schultern. »Ganz genau weiß ich das natürlich nicht, aber sie haben wohl noch ein paarmal telefoniert. Gernot ist dann misstrauisch geworden und dann hat Wilma davon abgelassen. Hilft Ihnen das weiter?«

»Oh ja, das war wirklich wichtig für meine Nachforschungen, und wenn …«

Die Tür wurde recht unsanft aufgerissen. Die Schwiegertochter stand im Mantel im Türrahmen, einen weiteren Mantel hatte sie über den Arm gelegt. »Meggie, wir müssen los.« Ungeduldig klopfte sie auf ihre Uhr am Handgelenk.

»Tut mir leid«, sagte sie dann zu mir. »Sie haben sich ja augenscheinlich sehr gut mit meiner Schwiegermutter austauschen können. Da können Sie sich was drauf einbilden. Das Hörgerät kommt nämlich nur zum Einsatz, wenn es Meggie passt.«

Die alte Frau Olsen war aufgestanden und schlüpfte wortlos in den Mantel, den ihr die junge Frau hinhielt. Als diese aus dem Zimmer ging, drehte sich Maggie zu mir um und hob siegessicher den Daumen.

Nachdem ich das Haus Olsen verlassen hatte, fuhr ich auf gut Glück zu Gernot Dirksen. Ich traf ihn im Garten an. Er beschnitt ein paar Rosen.

»Moin. Es hat niemand aufgemacht, deshalb bin ich jetzt hintenherum gekommen«, gab ich von mir. Ich wusste nicht so recht, wie ich es anfangen sollte. »Wie geht's?«

»Muss ja«, murmelte er und arbeitete weiter, ohne mich anzusehen. »Das Leben geht eben weiter.«

»Ich wollte dich noch etwas fragen.«

»Ja, nur zu.«

»Du hast mir mal gesagt, dass du eine Vermutung hättest, warum deine Frau ein schwieriges Verhältnis zu euren Töchtern, besonders mit Maren hatte.«

»Das soll ich gesagt haben?« Sein Gesicht spiegelte seine Abweisung wider. »Und wenn, dann sind dies

Familienangelegenheiten und gehen niemanden etwas an.«

»Ja, da hast du sicher recht.« Was hatte ich denn erwartet? Dass er mir alle Interna der Familie Dirksen erzählt? Da würde ich nicht weiterkommen.

»Kann ich noch was fragen?«

»Wenn es sein muss«, grummelte er und schnitt eine verwelkte Rose ab.

»Dein Neffe, ich meine Tom Davis …«

»Der Ami?« Er schob die Gartenschere in seine Hosentasche. »Der war hier. Er hat mich mit Fragen gelöchert. Wie das damals mit seiner Mutter war, ob ihr jemand was weggenommen hat und all so Zeugs. Ich habe doch keine Ahnung.«

»Ihn interessiert eben, warum seine Mutter nach Amerika ausgewandert ist. Deshalb stellt er diese Fragen.«

»Ja, bei Jasper war er auch schon und der hat auch keine Ahnung.« Er schob seine Kappe zurück.

»Meinst du, das könnte etwas mit den Diamanten zu tun haben? Wilma hat ja auch immer danach gesucht.«

Er warf den Korb hin, den er in der Hand gehalten hatte. »Die Scheißdiamanten bringen mich noch um. Es ist …« Er ging Richtung Haus. »Du weißt ja, wo es rausgeht, ich muss nämlich mal dringend aufs Klo.«

Ich sah ihm nach, wie er eilig ins Haus stürmte.

21

Elaine hatte nicht zu viel versprochen: Das Café hatte sich in eine Kunstgalerie verwandelt. Die Bilder, alle in dunklen breiten Holzrahmen, wirkten erhaben. Die Gäste wandelten mit einem Sektglas in der Hand von Bild zu Bild. Sogar Harm und der schöne Sigi waren gekommen. Harm wie immer im Karohemd, während sich sein Kollege in Schale geworfen hatte. Dunkler Zweireiher mit passender Fliege.

»Er sieht ja echt zum Niederknien aus mit seinem knackigen Hintern, aber der Propeller da an seinem Hals?«, flüsterte mir Netti zu, die neben mir stand. »Also ich weiß nicht. Das ist doch total übertrieben. Schließlich sind wir ja nicht in Paris oder so.«

»Er legt eben viel Wert auf sein Äußeres«, entgegnete ich. »Sieh mal, sogar Teelse hat sich total aufgebrezelt.«

Unsere Putzfee winkte uns zu und hielt ihr Glas mit leicht abgespreiztem kleinen Finger in der Hand. Ihr Kleid, bedruckt mit großen Klatschmohnblüten, ließ sie viel stämmiger erscheinen, als sie in Wirklichkeit war. Tabea und Franziska hatten es sich auf dem

Ostfriesensofa gemütlich gemacht. Hedwig hatte sich wegen diverser körperlicher Unpässlichkeiten entschuldigen lassen.

Das kleine Buffet hatte Elaine zusammen mit Selma gezaubert, Leevke hatte Getränke und Gläser auf dem Tresen bereitgestellt.

»Meine Damen, meine Herren«, verkündete Elaine und strich sich über ihren nagelneuen Leinenrock. Sie hatte kurz zuvor an ihr Glas geklopft und um allgemeine Aufmerksamkeit gebeten. »Unsere Freundin Emely war so freundlich, für die Künstlerin Frauke van den Hoog ihr wunderbares Café Kluntje als Galerie zur Verfügung zu stellen.«

Alle Anwesenden drehten sich zu mir um und klatschten. Zum Glück redete Elaine weiter. »Sprechen Sie Frau van den Hoog ruhig an, ansonsten wünschen wir Ihnen viel Vergnügen bei Ihrem Rundgang.«

Das allgemeine Gemurmel setzte ein und ich verzog mich hinter den Tresen. Möglichst unauffällig ließ ich meine Schultern kreisen, in der Hoffnung, dass sich die Verspannungen ein wenig lösen würden.

Emely, das geschieht dir recht, meckerte ich mit mir selber, hör auf mit deinen mörderischen Nebentätigkeiten. Es fiel mir nämlich zunehmend schwerer, mich zu konzentrieren, weil meine Gedanken ständig mit Wilmas Tod beschäftigt waren. Heute Morgen hatte ich mir nach der Dusche statt Deodorant Haarfestiger unter meine Achseln gesprüht. Außerdem suchte ich seit zwei Tagen den USB-Stick, den ich dringend zu meinem Steuerberater bringen musste. Am meisten entmutigte mich die Tatsache, dass ich keinen Plan hatte, was ich als Nächstes im Mordfall Wilma unternehmen könnte.

Als alle Gäste das Café wieder verlassen hatten, atmete ich auf. Selma, Teelse und Elaine halfen mir, alles so herzurichten, dass wir am nächsten Morgen das Café wieder öffnen konnten.

Annalotta und Wilko hatten sich nicht blicken lassen, somit gehörte mein Sofa am Abend mir alleine. Müde durchforstete ich die Mediatheken nach einem schönen Film, am besten mit viel Herzschmerz. In der Küche bereitete ich mir noch einen großen Becher Kakao mit Sahne. Endlich auf dem Sofa, die Beine hochgelegt und der süße Kakao vor mir – dies waren die Zutaten für maximale Entspannung. Der Film spielte in englischen Adelskreisen. Der Sohn des Hauses hatte ein Auge auf eine Bedienstete geworfen. Diesen Umstand versuchte das Grafenehepaar zu verhindern und schickten den Sohnemann auf Weltreise. Während der langatmigen Passagen des Films durchsuchte ich zum wiederholten Mal meinen Rucksack. Ich war mir ganz sicher, den Stick dorthinein getan zu haben.

Auf dem Bildschirm stürzte die verschmähte junge Frau gerade von einer Leiter und riss einen großen

Blumentopf, der auf einem runden Tisch stand, mit sich in die Tiefe …

In diesem Moment klingelte es bei mir. Bei meinem Besuch im Hause Bokhoff war mir mein Rucksack während meiner Rettungsaktion mit der Pflanze zu Boden gefallen. Dabei musste ich den Stick wohl verloren haben. Jetzt war ich beruhigt, denn gleich morgen wollte ich dort hingehen. Ich war mir sicher, dass man das Ding dort gefunden hatte.

Innerhalb der nächsten zehn Minuten war ich vor dem Fernseher eingeschlafen.

Wilko weckte mich am nächsten Morgen mit einem breiten Grinsen. »Muttern hat auf dem Sofa gepennt«, ulkte er und stellte mir einen Pott Kaffee hin.

»Danke mein Sohn«, brummte ich, stürzte den Kaffee herunter und wankte ins Bad.

Selma hatte schon wieder zwei Apfelkuchen im Ofen, als ich nach unten kam. Teelse war gerade dabei, die Bücherborde abzustauben.

»Das war genial gestern«, freute sie sich, »so richtig vornehm. Und die beste Gelegenheit, mein neues Kleid auszuführen.«

Das brachte mich auf die Idee, dass heute ein guter Tag war, meine neuen Jeans einzuweihen. Die Idee mit den Kurzgrößen war die Erfindung des Jahrhunderts, nichts musste geändert werden und alles passte auf Anhieb.

Gegen Nachmittag machte ich mich auf den Weg

zu Johanne Bokhoff. Ihre Tante hatte ja gesagt, dass Johanne immer zur Teezeit zu Hause sei. Das wäre ja perfekt.

Ich klingelte vergeblich an der Tür, alles blieb ruhig. Auch nach dem dritten Versuch blieb die Haustür verschlossen. Vielleicht sollte ich es an der Hintertür versuchen? Es konnte ja möglich sein, dass niemand die Türklingel gehört hatte. Ich hatte Glück, die Hintertür war nur angelehnt. Vorsichtig lugte ich hinein. Leise ging ich den Flur entlang und schob die Tür zur Stube auf.

»Kommen Sie«, rief Mia Bokhoff. Sie hatte mich erkannt und winkte mir zu. »Johanne ist heute ausnahmsweise nicht da und ich kann ja nicht zur Tür.« Ärgerlich klopfte sie auf ihre Beine. »Aber setzen Sie sich doch. Ich bin für jede Abwechslung dankbar.«

Gerne tat ich ihr den Gefallen und nahm neben ihr Platz.

»Ich bin eigentlich gekommen, um zu fragen, ob sie einen USB-Stick gefunden haben.«

An ihrem Gesicht konnte ich ablesen, dass sie keine Ahnung hatte, was ich wollte. »Das ist so ein kleines Ding, ungefähr so groß wie ein Feuerzeug. Darauf kann man Daten speichern.«

Mia Bokhoff schüttelte den Kopf. »Von so einem neumodischen Kram habe ich keine Ahnung.« Sie kicherte. »Wir hatten früher noch nicht mal Telefon, es wurden noch Briefe geschrieben, so richtig mit der Hand auf Papier.«

Ich nickte. »Früher hatte ich auch überhaupt keine Ahnung vom Internet, aber heutzutage muss man sich damit beschäftigen, auch wenn man etwas älter ist. Fast alle Rechnungen und Mitteilungen werden aktuell nur noch online übermittelt.« Ungern erinnerte ich mich an die Anfänge, als ich mich mit dem Internet beschäftigt hatte. Bis ich mal verstanden hatte, was ein Dateianhang ist, das hat eine Weile gedauert. Mein Sohn hatte es mir aber geduldig und mit einem ständigen Grinsen im Gesicht erklärt.

»Wenn Sie mal da in der Schale auf der Kommode nachsehen wollen«, unterbrach die Seniorin meine Gedanken. »Ich glaube, Johanne hat das gefunden. Vielleicht ist das ihr Dingsbums, was Sie verloren haben?«

Erfreulicherweise war es tatsächlich mein Datenträger, der in der Schale lag. »Was für ein Glück«, freute ich mich, »sonst hätte ich alles noch mal neu machen müssen.«

Tante Mia winkte ab. »Mir brauchen Sie nichts zu erklären, denn ich habe von sowas überhaupt keine Ahnung.« Sie legte ihre Hände in den Schoß. »Jetzt, wo Sie ja schon mal hier sind, wie ist denn die Sache mit Wilma ausgegangen?«

»Das ist noch alles ungeklärt«, entgegnete ich. »Kannten Sie denn die Familie van Gerpen näher?

Ich meine auch früher, als die Kinder noch klein waren?«

»Oh ja«, bestätigte sie, »der Vater war ganz schön streng und die Mutter? Die war mehr oder weniger unsichtbar. Es hat sich alles um den Vater und diese angeblichen Diamanten gedreht.«

»Mir hat jemand erzählt, dass Wilma schon als Kind sehr …« Ich suchte nach dem passenden Wort, »… sehr garstig war und sich oft mit der kleinen Gudrun gezankt hat?«

»Ach Gottchen, die kleine Gudrun.« Mia Bokhoff schloss kurz die Augen. »Ja, Wilma war ihr auch körperlich überlegen, Gudrun war so eine ganz Zarte.«

In diesem Moment dachte ich an Gudruns Sohn und sein Bestreben, hinter die damaligen Gedanken und Beweggründe seiner Mutter zu kommen. »Haben Sie eine Ahnung, warum Wilmas kleine Schwester in so jungen Jahren ausgewandert ist?«

»Sie war so jung, ich glaube gerade mal achtzehn oder neunzehn, auf alle Fälle noch minderjährig. Niemand wusste, wo sie geblieben war. Von heute auf morgen war sie weg und die Familie hat darüber geschwiegen«, erzählte die alte Frau. »Ich habe mich darum ja nie gekümmert. Ich war verheiratet mit Anton Bokhoff und …«

»Er hieß genau wie Sie?«

»Ja, was für ein Zufall. Ich brauchte meine Dokumente nicht ändern zu lassen. Der Name ist jetzt nicht so selten, aber immerhin ist das schon eine große Zufälligkeit«, erzählte sie. »Ja, das war so … wo war ich stehengeblieben? Ach so, wir hatten vier Kinder. Sie können sich ja denken, dass man da keine Zeit hat, sich um die Probleme seiner Mitmenschen zu kümmern.«

»Schade«, sagte ich, »ich weiß, dass Gudrun Jahre später nach ihrer Ankunft in Amerika geheiratet und einen Sohn bekommen hat.«

Erstaunt hob sie die Augenbrauen. »Woher wissen Sie das denn?«

»Der Sohn ist zufällig hier in Deutschland. Er arbeitet für eine amerikanische Hotelkette und die planen, sich hier im Norden zu etablieren. Deshalb sind er und einige Kollegen hier in Ostfriesland. Er hat mir erzählt, dass er gerne mehr über seine deutsche Familie wissen möchte. Aber was ihn natürlich am meisten interessiert, sind die genauen Hintergründe, warum seine Mutter damals über den Großen Teich nach Amerika gereist ist.«

Mia Bokhoff straffte sich und sah mich ernst an. »Wissen Sie, wie alt der Sohn ist?« Ihre Stimme klang ziemlich ernst.

»Warum fragen Sie mich das?«

»Sagen Sie einfach, wie alt Gudruns Sohn jetzt ist.«

»Ich glaube, so Ende dreißig.«

»Ja, dann kann es ja nicht sein«, stammelte sie und legte einen Finger auf ihren Mund. Sie schien intensiv nachzudenken. Nach einer Weile sah sie mich an. »Entschuldigen Sie bitte meine Hartnäckigkeit, aber was ich eben im Sinn hatte, kann überhaupt nicht möglich sein.«

Nun war ich einigermaßen irritiert. »Frau Bokhoff, was meinen Sie denn damit?«

»Es ist … Frau Petersen, könnten Sie mir wohl aus der Küche ein Glas Wasser holen?«

»Natürlich«, sagte ich und sprang auf. Wenig später stellte ich das Glas neben sie auf einen kleinen Tisch.

»Danke«, murmelte sie und trank gierig. »Sie müssen denken ich bin bekloppt, oder?«

»Also nicht so, aber ich verstehe überhaupt nicht, was Sie meinen.«

»Nun gut.« Sie atmete ein paarmal tief durch. »Ich möchte Ihnen etwas erzählen. Bisher habe ich noch mit niemandem darüber gesprochen.« Sie machte eine Pause. »Es war an einem Donnerstag«, fuhr sie dann fort, »ich war mit meiner Tochter beim Kinderarzt. Bronchitis, zum wiederholten Male. *Gehen Sie viel an die frische Luft*, *das wird Ihrer Tochter guttun*, riet mir der Doktor. Also bin ich von da an jeden Tag frühmorgens mit dem Kinderwagen zum Strand gegangen. Eines Morgens jedenfalls entdeckte ich Gudrun. Sie saß auf einer Buhne und las. Ich hatte sie lange nicht gesehen und hatte den Eindruck, dass sie ganz schön an Gewicht zugelegt hatte. Einen Moment stand ich da und beobachtete sie. Sie stand auf, zog ihre Jacke aus und breitete die Arme weit aus. Sie hat sich gedehnt und die Arme immer hoch und runtergemacht. Und da habe ich es gesehen. Ihr Bauch stand so spitz hervor. Sie trug ja schon immer weite Kleidung, deshalb ist es sicher niemandem aufgefallen. Aber Frau Petersen, Sie können mir glauben, nach vier Schwangerschaften kannte ich mich da aus. Gudrun van Gerpen war definitiv schwanger.«

»Sind Sie wirklich sicher?«

Sie nickte heftig. »Ganz sicher«, bekräftigte sie noch einmal. »An diesem Tag, das weiß ich noch genau, bekam meine Tochter hohes Fieber und musste in die Klinik. Es war nicht einfach, sogar ziemlich ernst. Gudrun hatte ich in diesem Moment total vergessen, ich wusste ja sowieso nichts über ihre Lebensumstände.«

»Können Sie sich noch daran erinnern, wann das genau war?«

»Lassen Sie mich nachrechnen. Bärbel war ungefähr vier Jahre alt. Jetzt ist sie einundfünfzig. Ja, das müsste so 47 Jahre her sein.«

Gudrun hatte ein Kind, welches jetzt Ende vierzig sein müsste. Ob Tom das wusste? »Haben Sie Gudruns Kind jemals gesehen oder wissen Sie, was aus ihm geworden ist?«

Sie hob bedauernd die Schultern. »Nein, davon weiß ich nichts. Jahre später hat irgendjemand mal erwähnt, dass sie ausgewandert ist. Mehr weiß ich nicht.«

Mia Bokhoff wirkte auf einmal sehr abgespannt, deshalb verabschiede ich mich bald. Sobald ich das Haus verlassen hatte, rief ich Tom an und sagte ihm, dass ich Neuigkeiten über seine Mutter hätte.

»Ich bin in zwanzig Minuten im Café«, versprach er und legte auf.

22

»Hast du denn noch ältere Geschwister?«, wollte ich von dem fassungslosen Tom wissen.

»Nein, das hätte ich dir doch erzählt.«

Wortlos hatte er meiner Erzählung über den Besuch bei Mia Bokhoff gelauscht. Wir saßen im Café, welches sich jetzt gegen Abend zunehmend leerte. Leevke säuberte die Kaffeemaschine, nachdem sie uns beiden einen großen Pott Milchkaffee gebracht hatte.

»Nein, davon weiß ich nichts. Meine Mutter, mein Vater, die ganze Familie, niemand hat je etwas Derartiges erwähnt.«

»Hat deine Mutter vielleicht ein Baby auf der Reise nach Amerika mitgehabt?« Tausend Sachen gingen mir durch den Kopf. »Es ist ja auch möglich, dass sie an Bord entbunden hat.«

»Keine Ahnung«, wiederholte er, »meine Eltern haben nie etwas davon erwähnt.« Er sprang auf. »Entschuldige mich kurz, ich rufe jetzt meine Tante an.«

»Ist da jetzt nicht mitten in der Nacht?«

Er schüttelte den Kopf. »Da ist es jetzt fast Mittag, ich frag sie schnell …«

Tom ging zum Fenster und wählte. Ich beobachtete ihn, wie er aufgeregt mit den Armen in der Luft herumfuchtelte. Das Gespräch war kurz und sein Gesicht puterrot.

»Sie hat auch keine Ahnung«, teilte er mir mit, »meine Mutter hat nach ihrem Wissen nur ein Kind entbunden, und zwar mich.« Er wirkte ziemlich aufgewühlt.

»Vielleicht hat sie es drüben weggegeben oder es ist verstorben, bevor sie deinen Vater kennenlernte?«, überlegte ich.

»Möglich wäre es, aber meine Mutter hat nie etwas Derartiges erwähnt, das hat mir meine Tante eben noch einmal bestätigt.« Tom runzelte die Stirn. »Sie hat doch in dem Brief an meine Tante erwähnt, dass man ihr etwas Wertvolles genommen hat. Dann hat sie vielleicht ihr Kind gemeint, aber wo ist es? Hier in Deutschland? Oder ist es doch gestorben?«

Krampfhaft überlegte ich, wer eventuell etwas darüber wissen könnte. »Natürlich, Jasper«, rief ich laut aus. Leevke und ein letzter Gast sahen mich verständnislos an.

»Entschuldigung«, raunte ich und wandte mich wieder Tom zu. »Wir müssen zu Jasper, er ist der einzige Verwandte deiner Mutter, der etwas wissen könnte.«

»Lass uns gleich hinfahren«, schlug er vor. »Ich will das jetzt wissen.«

Das war natürlich ganz in meinem Sinne. »Warte, ich sag nur schnell Bescheid.«

Leevke nickte mir zustimmend zu. In der Küche hielt mir Selma den Bestellzettel hin, den ich in meine Hosentasche steckte. »Aber nicht vergessen. Mehl und Backpulver gehen langsam zu Ende.«

»Mach ich gleich morgen früh«, versprach ich und steckte den Zettel in meine Hosentasche. Dabei berührte meine Hand den USB-Stick, den ich unbedingt im Steuerbüro abgeben musste. »Ich denke ganz bestimmt daran«, versicherte ich der Kuchenbäckerin noch einmal und folgte Tom, der ungeduldig die Tür aufhielt.

Mit einem Affenzahn lenkte der junge Amerikaner sein Auto Richtung Jaspers Giftbude. Er nahm die Kurven so schnittig, dass mir total übel wurde. Mit quietschenden Reifen stoppte er vor Jaspers Haus.

»Komm, da brennt Licht.« Er zeigte auf die hellerleuchteten Fenster der Kneipe. Heftig warf er die Autotür zu und rannte ins Haus. Ich blieb noch einen Moment an der frischen Luft und hoffte, dass sich die Übelkeit schnell wieder verzog.

Tom war bereits dabei, mit Jasper zu diskutieren, als ich die Giftbude betrat. Er hatte ihn am Arm gepackt und redete auf ihn ein. Ein paar Gäste saßen am Stammtisch und beobachteten die Szene. Mary stellte eine Platte mit Frikadellen in die Vitrine.

»Moin Mary«, begrüßte ich Jaspers Frau.

»Hallo Emely.« Verstohlen sah sie zu den beiden Männern, die jetzt immer lauter sprachen.

Kopfschüttelnd ging ich zu den beiden hinüber. »Ihr müsst ein bisschen leiser sein«, ermahnte ich sie und schob Jasper und Tom auseinander. »Wir setzen uns dahinten hin, da ist es ruhiger.« Ich zeigte auf einen kleinen Tisch ganz hinten in der Ecke. Mary nickte mir zu und bediente die Gäste, die in ihrer Unterhaltung fortfuhren.

»Hat der einen Knall?«, schimpfte Jasper, als ich mich zu ihnen setzte. »Kommt hier rein und sabbelt dummes Zeug.«

Tom hatte sich zurückgelehnt. »Sorry Jasper, ich habe es nicht so gemeint, aber die Sache mit Mutter, die geht mir schon an die Nieren.«

Versöhnlich tätschelte Jasper die Hand seines Neffen. »Schon gut, kann ja mal vorkommen.«

»Jasper«, ergriff ich jetzt das Wort, »wir sind hierhergekommen, um zu fragen, ob du etwas über ein Kind Gudruns weißt.«

Der Gastwirt sah mich an, als ob ich ihm einen Heiratsantrag gemacht hätte. »Emely, da sitzt er doch.« Er zeigte auf Tom. »Das ist Gudruns Sohn … sacht er jedenfalls.«

Ich schüttelte den Kopf. »Den meine ich nicht. Pass auf. Zufällig hat mir eine alte Dame erzählt, dass sie vor fast fünfzig Jahren gesehen hat, dass Gudrun ein Kind erwartet. Wir fragen uns natürlich, was hat es damit auf sich.«

»Und wieso fragt ihr mich?« Empört sah uns Jasper an. »Was habe ich denn damit zu tun?«

»Du bist ihr Bruder«, meinte Tom in einem ganz ruhigen Ton, »und ihr habt zusammen hier im Haus gewohnt.«

»Mensch Leute, als Gudrun abgehauen ist, war ich Mitte zwanzig und alltied up Padd wesen.«

Tom sah mich irritiert an. »Das versteh ich nicht. Was hat er gesagt?«

»Das heißt, dass er oft unterwegs war.« Ich gab Jasper einen Stoß. »Stimmt's Jasper?«

»Klar stimmt das. Ich war noch jung und bin mit meinen Freunden um die Häuser gezogen. Der ganze Weiberkram hier zu Hause hat mich nicht interessiert.« Er verschränkte seine Arme. »Ihr geht mir echt auf den Sack heute«, brummte er und stand auf. »Ich muss Mary helfen.«

»So unfreundlich kenne ich ihn gar nicht«, erklärte ich Tom, »wahrscheinlich hat er sich über irgendetwas geärgert.«

»Vielleicht hast du recht«, seufzte Tom. »Komm, lass uns gehen.«

Er fuhr mich, jetzt in gemäßigtem Tempo, nach Hause. »Ich rufe dich an, wenn es etwas Neues gibt«, versprach ich ihm. Er hob nur kurz die Hand und fuhr davon.

23

Am nächsten Morgen, ich hatte schlecht geschlafen, rief ich Bertus an und erzählte ihm von meinem Besuch bei Mia Bokhoff.

»Das ist ja sehr interessant«, meinte er, »und wenn ich noch im Dienst wäre, könnte ich sicherlich etwas über das Kind von Gudrun herausbekommen, aber jetzt … du weißt ja, die Kollegen …«

»Das hat ja auch eigentlich mit Wilmas Tod nichts zu tun«, stellte ich fest, »aber es ist geheimnisvoll und spannend. Du kennst mich ja.«

»Ja, ich kenne dich«, entgegnete der Exkommissar und ich meinte fast, ihn durchs Telefon schmunzeln sehen zu können. »Und in Ermangelung eines Erfolges stürzt du dich eben in diese Geschichte.«

Bertus kannte mich wirklich sehr gut. »Was unternehmen denn deine Kollegen in Wilmas Fall?«

»Alles reine Routine, jedenfalls habe ich nichts anderes gehört. Aber wenn du mich fragst, kommt in diesem Fall keine fremde Person infrage, sondern jemand aus dem persönlichen Umfeld.«

»Ein Fremder hätte ja schlecht so ohne weiteres das

Haus von Wilma und Gernot Dirksen betreten können«, überlegte ich, »das muss jemand von den Gästen gewesen sein.« Laut Roswithas Liste waren mindestens dreißig Leute eingeladen worden.

»Jetzt siehst du mal, dass es gar nicht so leicht ist, einen Fall aufzuklären«, sinnierte Bertus weiter, »nicht so wie im Fernsehen, wo alles innerhalb kurzer Zeit erledigt ist.«

»Ja, und anschließend gehen alle Kommissare zusammen ein Bier trinken und freuen sich des Lebens.«

»Das ärgert mich jedes Mal, wenn ich das im Fernsehen sehe«, schimpfte er, »die Zuschauer bekommen doch ein ganz falsches Bild von unserer Arbeit.«

Bertus versprach mir noch, dass er baldmöglichst wieder vorbeikommen wollte, und wenn es nur zu einem ausgiebigen Klönschnack wäre.

Apropos Geburtstagsfeier: Aus meiner Schreibtischschublade nahm ich Roswithas Liste und sah sie mir noch einmal genauer an. Die vier Freundinnen der Verstorbenen, die Roswitha markiert hatte, hatte ich schon besucht. Es standen noch weitere Namen auf der Liste, aber mit wem sollte ich da weitermachen?

Wie aufs Stichwort rief Roswitha an. »Und Frau Detektivin, wie sieht es aus?«

»Ich habe eben an dich gedacht«, sagte ich. »Bertus hat mir gerade gesagt, dass im Fall Wilma alles noch im Dunkeln liegt, aber ich habe von einer Freundin

Wilmas, also eigentlich von der Tante der Freundin erfahren, dass die kleine Schwester Gudrun damals ein Kind erwartet hat.«

»Von wem die kleine Schwester?«

»Wilmas kleine Schwester. Tom ist jetzt natürlich total durcheinander und versucht, so viel wie möglich herauszubekommen.«

»Und wo ist das Kind?«

»Das weiß niemand. Jetzt ist es ja kein Kind mehr, wenn es noch lebt. Die alte Frau wusste auch nichts Näheres.«

»Schade«, bedauerte Roswitha. »Wenn diese Gudrun nach Amerika gereist ist, muss sie in Bremerhaven an Bord gegangen sein, von da aus gehen doch die Schiffe nach Übersee.«

»Ja, ich weiß«, bestätigte ich, »viele Ostfriesen sind in den letzten Jahrzehnten von dort aus ausgewandert.«

»Stimmt, ich habe erst letzte Woche im Fernsehen gesehen, dass es drüben noch Orte gibt, wo die Menschen platt sprechen.«

Den durchaus interessanten Beitrag hatte ich auch gesehen, aber etwas anderes interessierte mich viel mehr. »Aber was war jetzt mit Gudrun?«

Roswitha räusperte sich. »Man müsste herausbekommen, wer die Überfahrt bezahlt hat. So ein junges Mädchen hatte sicherlich nicht so viel Geld. Weiß Tom nichts darüber?«

»Nein, er sagt, seine Familie hat nie über diese Auswanderung oder ein Kind gesprochen.«

»Aber wer hat das alles bezahlt?«, überlegte Roswitha. »Mit wem hatte sie Kontakt?«

»Vielleicht der Kindsvater?«

»Und wer ist das?«

»Wenn ich das nur wüsste.« Mein Handy gab ein paar Pieptöne von sich, ein Zeichen, dass der Akku bald leer sein würde. »Wilma können wir ja nicht mehr fragen, ob Gernot was weiß?«

»Dann frag ihn eben«, empfahl mir die Hausdame des Hotels Deichhuske.

»Ich war schon mal bei ihm und da hat er mir unmissverständlich zu verstehen gegeben, dass das alles reine Familienangelegenheiten seien und mich nichts angingen.«

»Ich nehme an, dass er das gar nicht wissen kann«, sagte Roswitha, »Wilma und er haben doch damals in Wilhelmshaven gewohnt und sind nur selten nach Neuharlingersiel gekommen.«

»Dann kann er sicherlich zur Aufklärung nichts beitragen.« Ich nahm die Liste in die Hand. »Bei Bokhoff und Winterboer war ich schon, ebenso bei Meggie Olsen. Alle haben mir Wilma als biestige und streitsüchtige Frau beschrieben.«

»Und wer genau hat dir das mit Gudrun erzählt?«

»Das war Mia Bokhoff, aber was aus Gudruns Kind geworden ist, wusste sie auch nicht.«

»Wen könntest du noch fragen ...?«, nuschelte Roswitha. »Warte, ich guck mir noch mal die Mail mit der Liste an ... so, jetzt.«

Das Piepen wurde immer störender. »Meinst du, es gibt noch jemanden, der mir etwas Wichtiges erzählen kann?«

»Ja … hier … Onno Brinkmann«, sagte sie. »Das ist ein ehemaliger Arbeitskollege von Gernot.« Sie kicherte jetzt. »Es ging mal das Gerücht, dass er und Wilma …«

»Meinst du, das stimmt?«

»Du weißt doch, wie immer gequatscht wird. Denk an deine Teeschwestern. Was ich aber ganz genau weiß, ist, dass Onno und Gernot die besten Freunde sind. Onno ging im Hause Dirksen ein und aus. Der hat bestimmt mal mitbekommen, was da so gelaufen ist.«

Mit einem dicken Filzstift machte ich einen Kringel um den Namen Onno Brinkmann. »Ich werde mal versuchen, mit ihm in Kontakt zu treten, es ist ja möglich, dass …« Das Gespräch mit Roswitha brach ab und mein Akku waren am Ende.

24

Regungslos stand ich im Bad vor dem Spiegel und betrachtete meine grauen Haare. Wie Borsten fühlten die sich an. Im Internet hatte ich gelesen, man solle den gesamten Kopf mit Kokosnussöl einreiben. Ich war skeptisch und befürchtete, dass das Öl schnell ranzig riechen würde, und das war als Gastgeberin sicherlich nicht von Vorteil.

Aber eigentlich ging mir die ganze Zeit etwas anderes durch den Kopf. Weder Tom noch ich hatten erfahren, was wir wissen wollten. Wo sollte ich noch weitersuchen? So schwer es mir fiel, aber ich musste mir eingestehen, dass es keinen weiteren Plan gab. Zugegeben, ich hatte noch den einen Namen, Onno Brinkmann, aber der würde mir wahrscheinlich genau das Gleiche erzählen, wie alle anderen Gesprächspartner vor ihm.

»Ja Emely, auch du stößt an deine Grenzen«, schleuderte ich meinem Spiegelbild entgegen, bürstete meine Haare und machte mich an meine tägliche Arbeit.

Ich half Selma, die bestellten Brownies für das Hotel Deichhuske zu verpacken, bestellte neues Geschirr und überprüfte die Beleuchtung im Café. Teelse hatte mir vor Jahren mal empfohlen, überall rote Glühbirnen in die Lampen reinzudrehen, das wäre doch viel gemütlicher. Ich lehnte dankbar ab, denn wie ein Freudenhaus sollte mein Café nicht wirken.

Am späten Vormittag kamen Harm und Sigi herein. Harm bestellte sich wie immer Kaffee mit jeder Menge Zucker, während sein Kollege um einen Kamillentee bat.

»Du bist doch wohl nicht krank?«, erkundigte ich mich. Er sah wirklich blass aus.

»Ich habe was Falsches gegessen«, teilte er uns mit Leidensmiene mit. »Es waren die Miesmuscheln gestern, eine davon muss schlecht gewesen sein.«

»Wo hast du die denn gegessen?«, hakte ich nach.

»Bei meinem Nachbarn, der wurde fünfzig.«

»Du bist aber auch ein Blödmann«, schimpfte Harm, »jedes Kind weiß, dass man Muscheln nur in den Monaten mit r am Ende essen soll.«

»Wieso das denn?« Sigi nippte an seinem Tee, den ihm Leevke hingestellt hatte. »Das ist doch Quatsch.«

»Glaub, was du willst.« Der Ortspolizist zuckte mit den Schultern. »Ich rühre so einen Kram sowieso nicht an, da ist mir ein schönes Steak lieber.«

»Ehe ihr euch in die Haare bekommt, gibt es Neuigkeiten an der Polizistenfront?«

Keiner der beiden machte Anstalten zu antworten.

»Sigi, sag was«, sprach ich den Kränkelnden jetzt direkt an. »Ihr müsst doch was wissen, oder?«

»Frag Harm«, stöhnte er, »ich bin im Moment mit meinem Verdauungstrakt beschäftigt.«

Genervt gab ich auf, meine Laune war auf dem Tiefpunkt. Sogar die obligatorischen Sticheleien der Teeschwestern am Nachmittag empfand ich als sehr anstrengend. Hedwig meinte, dass ich mal eine Fruchtkörnerkur machen sollte, das würde der Seele und dem Körper guttun. Ich unterließ die Nachfrage, was es mit dieser Kur auf sich hatte und verzog mich ins Büro.

Nach Feierabend nahm ich meine Jacke und lenkte meine Schritte Richtung Strand. Frische Luft, der Geruch des Salzwassers und der Wind in meinem Gesicht hatten schon immer wieder alles ins rechte Lot gerückt.

Eine Stunde marschierte ich an dem sich leerenden Strand entlang. Die Feriengäste suchten langsam ihre Unterkünfte auf, es war Zeit fürs Abendessen. Auch mir knurrte der Magen. An der Pommesbude am Campingplatz gönnte ich mir eine Portion des ungesunden Essens und ließ mich auf einer Bank nieder. Wieso waren alle Dinge, die lecker schmeckten, so ungesund?

Mit der kleinen Plastikgabel fischte ich auch noch den letzten Rest der Pommes aus der Spritztüte, wischte meine fettigen Finger in Ermangelung eines Taschentuchs an meiner Jeans ab und machte mich auf den Heimweg.

Kaum hatte ich meine Wohnung betreten, rief Elaine an. »Na, wie geht es dir, Liebes?«, flötete sie.

»Na ja, so lala«, entgegnete ich lapidar. »Wo bist du denn? Bei dir klingt das so hohl.«

»Ich bin im Krankenhaus«, teilte sie mir im entspannten Tonfall mit, »aber reg dich nicht auf. Ich war heute Mittag bei meiner Kosmetikerin. Und irgend so ein Idiot hat in ihrem Haus die Holztreppe gewachst. Wie blöd kann man sein.«

»Und da bist du ausgerutscht?«

»Ja genau, und dann sehr elegant auf meinem Hintern sechs Stufen nach unten gepoltert. Mein Kleid kannst du vergessen. Da war so ein Haken am Geländer … Moment.«

Sie sprach mit jemandem im Raum. »So, da bin ich wieder«, hörte ich sie nach einer Weile säuseln. »Das war gerade der Stationsarzt, so ein ganz niedlicher, mit dunklen Haaren und …«

»Elaine«, unterbrach ich ihre Schwärmerei, »bist du verletzt?«

»Nein, alles gut. Morgen früh kann ich nach Hause. Kannst du mich abholen?«

»Geht klar«, versprach ich. So hibbelig, wie Elaine war, so sehr konnte man sich auf sie verlassen. Wenn sie etwas versprach, hielt sie das auch ein. »Bist du um acht Uhr abfahrbereit? Ich muss morgen nämlich zum Markt, Erdbeeren holen. Selma will Erdbeertörtchen machen.«

»Gibt es schon Erdbeeren?«, trällerte Elaine.

»Ja, dank der Gewächshäuser.« Der Krankenhausaufenthalt schien ihr sehr gut zu bekommen.

»Okay, ich gehe jetzt duschen«, teilte sie mir noch mit, »meine Haare müssen dringend gewaschen werden. Der Arzt will noch mal kommen.«

So eine Frau gibt es kein zweites Mal auf der Welt, stellte ich fest und legte auf.

Zur vereinbarten Zeit stand sie vor der Klinik und winkte mir gutgelaunt zu, als ich ankam. Ich öffnete die Beifahrertür und ließ sie einsteigen. »Du bist echt pünktlich.«

»Danke fürs Abholen, aber ich will nicht sofort nach Hause.«

»Tut mir leid, aber ich habe echt keine Zeit für einen Ausflug.«

»Dummerchen«, unterbrach sie mich, »du kannst ruhig nach Hause fahren, ich habe noch eine Verabredung zum Frühstück.«

Bestimmt mit einem Kerl, da war ich mir sicher. Ich ließ sie vor einem Bistro kurz vor Neuharlingersiel aussteigen. Sie winkte mir noch zu und eilte zum Eingang.

Eine Stunde später war ich schon auf dem Markt. Zügig machte ich meine Einkäufe und stieß beim Verlassen des Marktes mit Mary zusammen.

»Hallo Mary, bist du alleine. Ist Jasper auch hier?«

Suchend sah ich mich um.

»Nein, der ist zu Hause«, stöhnte sie und steckte ihr Portemonnaie in ihre Jackentasche.

»Alles in Ordnung bei euch?« Ich fand, dass sie ein wenig mitgenommen aussah.

»Ja … eigentlich nein.« Wir gingen ein paar Schritte zur Seite, um die anderen Marktbesucher vorbeizulassen. »Seitdem du und der junge Amerikaner bei uns wart, ist Jasper unausstehlich.«

»Was macht er denn?«

»Er ist eben schlecht gelaunt, sucht Streit und ist auch mürrisch zu den Gästen«, erzählte sie, »aber das können wir uns nicht leisten. Immerhin sind wir auf die Einnahmen aus der Giftbude angewiesen.«

»Das ist wirklich seltsam. Ich kenne Jasper als ausgeglichenen Menschen.«

Mary lachte bitter auf. »Ja, das war einmal, aber seit ihr mit ihm über seine kleine Schwester gesprochen habt, ist er richtig ungehalten.«

»Hat er denn schon mal etwas eingehender mit dir über seine Familie gesprochen, als er noch jung war?«

Mary schüttelte den Kopf. »Eigentlich nur über Wilma und ihre Borstigkeit, sonst nichts.« Sie sah sich um. »Ich muss noch Eier holen. Mach's gut, Emely und grüß Tom von mir.«

Das waren ja sehr bemerkenswerte Neuigkeiten, überlegte ich. Mary hatte sich kaum ein paar Schritte von mir entfernt, da holte ich auch schon mein Telefon hervor und wählte Toms Nummer.

25

Wie schon beim letzten Mal gab Tom Vollgas, als wir zur Giftbude fuhren.

»Ist dir das zu schnell?«, wollte er wissen und sah mich prüfend von der Seite an.

»Ich hoffe, deine Frage ist nicht ernst gemeint. Ich bin bestimmt schon grün im Gesicht. Kannst du nicht langsamer fahren?«

»Weil du es bist.« Er nahm den Fuß vom Gaspedal. »So besser?«

»Ja, danke«, schnaufte ich und öffnete das Fenster.

»Weiß Jasper, dass wir kommen?«

Ich schüttelte den Kopf und zog gierig die frische Luft ein.

Tom bremste und kam nur einen Meter vor Jaspers Haus zum Stehen.

»Das war aber knapp«, stöhnte ich. »Ich glaube, ich fahre das nächste Mal mit dem Rad.«

»Von mir aus«, grinste er und stellte den Motor ab.

Das Gebäude lag im Dunklen. »So ein Mist«, ärgerte ich mich, »jetzt ist er noch nicht mal zu Hause.«

»Hat Mary dir erzählt, dass sie wegwollten?«

»Nein, hat sie nicht. Sie hat auch keine Ahnung, dass wir hier auftauchen werden.«

»Ich klopfe mal«, sagte Tom und hämmerte entschlossen dreimal an die Holztür.

Oben wurde ein Fenster aufgerissen. »Könnt ihr nicht lesen?«, brüllte Jasper. »Steht doch groß und breit an der Tür. Wir haben heute Ruhetag.«

»Jasper, wir sind es«, rief ich in seine Richtung, »Emely und Tom.«

»Meinetwegen seid ihr das, aber die Giftbude ist immer noch zu.«

»Jetzt mach gefälligst auf«, rief ich laut, »wir haben etwas mit dir zu besprechen.«

Mary erschien am Fenster. »Jasper kommt gleich runter.«

Der Gastwirt öffnete wenige Augenblicke später die Tür und ließ uns mit einem grimmigen Blick eintreten. Er steuerte auf den Stammtisch zu und setzte sich. Wortlos folgten wir ihm und nahmen ebenfalls Platz.

»Und was ist jetzt?«, bölkte er. »Ihr versaut mir gerade meinen freien Tag.«

Mary hatte recht, ihr Ehemann hatte eine Stinklaune.

»Es geht noch mal um Gudrun«, begann ich, »es ist …«

»Hör doch auf mit dem Scheiß« wehrte er ab und wollte aufstehen.

Aber Tom hielt ihn am Ärmel fest. »Nix da, hiergeblieben.«

»Jasper, ich weiß, dass du uns nicht alles gesagt hast«, schoss ich einfach ins Blaue, »und ich verspreche dir, dass ich so lange hier sitzen bleibe, bis du uns alles erzählt hast.«

Seine Ablehnung war wie verflogen. »Meinetwegen«, stöhnte er. »Jetzt, nach so vielen Jahren, muss ich euch das erzählen. Ihr könnt euch nicht vorstellen, was hier im Haus damals los war, als Gudrun gebeichtet hat, dass sie ein Kind bekommen würde. Gequirlte Scheiße aber auch.«

»Jasper!«, rief Mary ermahnend und setzte sich neben ihren Mann.

»Also fang an«, forderte Tom seinen Onkel auf.

Der Gastwirt fuhr sich nervös durch die Haare. »Die ollen Kamellen«, stöhnte er. »Ja, es stimmt. Gudrun hat hier im Haus ihr Kind bekommen. Meine Mutter und Wilma haben das gemacht.«

»Hier im Haus?« Ich war perplex. »Hat denn niemand etwas von ihrer Schwangerschaft bemerkt?«

»Nee, sie hat immer so weite Kleider getragen. Gudrun hat behauptet, dass man da nicht sehen würde, wie dünn sie ist.«

»Was ist passiert? Wer ist der Vater?« Tom war jetzt ziemlich aufgeregt.

»Wer der Vater ist, weiß ich nicht. Ob Wilma das gewusst hatte, kann ich nicht sagen.«

»Erzähl weiter«, drängte ich ihn. »Wie ist das abgelaufen?«

»Gudrun hatte die Schule ja schon beendet und eine Lehre in einem Blumenladen angefangen. Sie hat uns das mit der Schwangerschaft ja auch erst gesagt, als es fast nicht mehr zu übersehen war. Mein Vater hat getobt und sie beschimpft.« Jasper klopfte mit der flachen Hand auf den Tisch. »Er hat Gudrun wirklich beschimpft und beleidigt. Ich will die Worte gar nicht mehr wiederholen.«

»War deine Schwester in ärztlicher Behandlung?« Ich kannte das ja nur so, dass man in einer Schwangerschaft regelmäßig zur ärztlichen Untersuchung geht.

Jasper schüttelte den Kopf. »Meine Mutter ist alle vier Wochen mit ihr zu einer Hebamme nach Emden gefahren. Hier in Neuharlingersiel hätte das ja sonst jeder mitbekommen. Da war meine Mutter eisern. Was würden die Leute wohl sagen und so weiter. Sie zog alle Register, damit die Sache in der Familie blieb.«

»Und Wilma?«, hakte Tom nach.

»Die hat ja mit Gernot in Wilhelmshaven gewohnt. Sie kam aber regelmäßig, um wie ein General hier nachzukontrollieren, ob alles nach Plan lief.«

»Das sieht ihr ähnlich«, flüsterte Mary, »dann war sie also immer schon so bestimmend.«

»Das kannste laut sagen«, stimmte ihr Jasper zu. »Eines Tages war Wilma zufällig hier zu ihrem regelmäßigen Kontrollbesuch, als die Wehen anfingen.« Er schlug die Hände vors Gesicht. »Gudrun hat gestöhnt zum Gotterbarmen. Mein Vater wusste überhaupt nicht, wie uns geschah. Meine Mutter schrie nach Handtüchern und Wilma wollte warmes Wasser. Dann ging der ganze Zirkus los.«

»Ohne Arzt?«, sagte ich erstaunt.

»Ja, und ohne Hebamme«, bestätigte Jasper, »die lag nämlich in Emden in der Klinik, weil sie eine Gallenoperation hinter sich hatte.«

Ich konnte sehen, wie Jasper immer blasser wurde, sogar jetzt, nach all den Jahrzehnten schien ihn das immer noch aufzuregen.

»Irgendwie haben die das hinbekommen«, fuhr der Gastwirt fort. »Gudrun lag im Bett, das Kind neben sich. Meine Eltern stritten sich in der Küche.«

»Weißt du auch worüber?« Tom und Mary saßen stumm da und lauschten.

»Meine Mutter hatte Angst vor der Schande und wusste nicht, was sie mit ihrer missratenen Tochter machen sollte. Und mein Vater? Ja, der wollte alles wieder so haben, wie das früher war, und das bedeutete, dass das Kind wegmusste.«

»Oh«, rief Mary aus, »wollte er etwa dem Neugeborenen etwas antun?«

»Ich glaube nicht«, antwortete Jasper, »obwohl ich dafür meine Hand nicht ins Feuer legen würde. Das ist auch, was mich die ganze Zeit umgetrieben hat. Wäre ich hiergeblieben, dann hätte meine Schwester vielleicht ihr Kind behalten können.«

»Wo bist du denn hin?« Mary hielt Jaspers Arm umklammert. »Du hast deine Schwester im Stich gelassen?«

Mit einer unwirschen Bewegung befreite er sich aus dem festen Griff Marys. »Ihr könnt euch das nicht vorstellen, monatelang die Diskussionen über das liederliche Leben Gudruns, dann die Entbindung … ich habe am nächsten Morgen meine Klamotten gepackt und bin abgehauen.«

»So richtig weg?« Was taten sich da für Abgründe auf! Ich konnte es noch gar nicht glauben.

Er nickte. »Ich bin zu einem Kumpel nach Hannover gezogen und habe da ein paar Monate in einer Metallfabrik gearbeitet. Meinem Chef hier habe ich mitgeteilt, dass er mir meine Papiere nachschicken solle.«

Tom räusperte sich. »Aber dann bist du wieder nach Hause zurück?«

»Ja, nach fünf Monaten. Ich muss gestehen, ich hatte richtig Heimweh. Außerdem kränkelte meine Mutter und da wollte ich lieber hier zu Hause sein.«

»Und deine Schwester und das Kind?«, flüsterte Mary. Sie hatte Tränen in den Augen.

»Tja, das war so eine Sache. Gudrun war inzwischen ebenfalls abgehauen. Wie wir später herausbekommen haben, ist sie nach Bremerhaven gefahren und mit dem Schiff nach Amerika.«

Tom rutschte unruhig hin und her. »Und das Kind?« Fragend sah er Jasper an.

Der Gastwirt schüttelte den Kopf. »Ich weiß nichts weiter. Meine Eltern taten so, als wäre nie was gewesen. Gudrun wurde von da an mit keiner Silbe mehr erwähnt. Auf meine Nachfrage hin bekam ich die schroffe Antwort, dass alles geregelt sei.«

Ich war erschüttert. Wie konnten Eltern ihr Kind einfach aus ihrem Leben streichen? »Hast du noch später mal nachgefragt?«

»Ständig habe ich sie gelöchert. Ich wollte ja schließlich wissen, was mit meiner Schwester und ihrem Kind geschehen war. Es hat eine Weile gedauert, bis meine Mutter mit der Sprache rausgerückt ist. Es war nämlich so, dass mein Vater Gudrun kurz nach der Entbindung gezwungen hatte, die Papiere zu unterschreiben, die für eine Adoption nötig waren.«

»Oh nein«, rief Mary. »Wie konnte er das tun?«

»Und der Vater?«, wollte ich wissen. »Ich meine den Vater des Babys?«

»Der Kindsvater ist unbekannt. Ich habe mich damals mehr oder weniger intensiv umgehört, ob ich etwas über ein Verhältnis meiner Schwester mit einem Mann herausbekomme, aber Fehlanzeige. Niemand konnte mir weiterhelfen. Und irgendwann habe ich es gelassen.« Jasper leckte sich über die Lippen und stand auf. »Nach der ganzen Aufregung brauche ich jetzt ein Bier.«

Sichtlich entspannt servierte er uns Bier und ein paar Salzstangen.

Wir saßen noch etwa eine Stunde zusammen und

bemühten uns, ein belangloses Gespräch zu führen, aber immer wieder landeten wir bei Gudrun und dem verschollenen Säugling.

Der Gastwirt brachte uns schließlich zur Tür. »Seid nicht sauer, weil ich so aufbrausend vorhin war. Ich hoffe, ihr versteht das.«

»Klar, ist doch verständlich«, meinte Tom und klopfte ihm auf die Schulter. »Jetzt weiß ich wenigstens, was meine Mutter ihr ganzes Leben mit sich herumgetragen hat.«

»Jasper, ich habe noch eine Frage«, flüsterte ich ihm zu, als wir vor dem Haus standen. »Gudruns Kind, war es ein Junge oder ein Mädchen?«

»Das weiß ich nicht.« Jasper zuckte mit den Schultern. »Ich habe meine Eltern auch nicht danach gefragt. Irgendwann war ich nämlich froh, dass so etwas wie Alltag in unserem Haus einkehrte.«

Mary und Jasper standen in der jetzt hell erleuchteten Haustür und winkten uns nach, als wir im gemäßigten Tempo nach Hause fuhren.

Ich legte meinen Kopf zurück und ließ die vergangenen Stunden im Geiste Revue passieren. Ganz langsam beschlich mich das Gefühl, dass Gudruns Kind etwas mit Wilmas Tod zu tun haben könnte und die Diamanten nur eine sentimentale Illusion eines Heimkehrers aus Südafrika war.

26

»Somit ist der Verbleib des Kindes und der Mord an Wilma immer noch ungeklärt«, stellte ich abschließend fest, nachdem ich Bertus von unserem gestrigen Besuch im Hause van Gerpen erzählt hatte.

»Wie kommst du überhaupt darauf, dass das zusammenhängt? Es liegen mehrere Jahrzehnte zwischen diesen Ereignissen.«

Unentschlossen wippte ich mit meinem Schreibtischstuhl hin und her. »Kann ich dir nicht sagen. Es ist nur so ein Gefühl.«

Bertus blätterte während unseres Gesprächs in einem Prospekt für Gastronomiebedarf. »Emely, mit Gefühl kommst du bei einer ordentlichen Ermittlungsarbeit nicht weiter. Da zählen nur Fakten.« Er hielt mir den aufgeschlagenen Prospekt hin. »Wer um Himmels willen möchte sein Essen von viereckigen Tellern essen?« Mit dem Finger tippte er auf ein Foto, auf dem quadratische Teller abgebildet waren.

Ich beugte mich zu ihm rüber und betrachtete das Foto. »Wieso, sieht doch schön aus.«

Mit einer unwilligen Bewegung klappte der Exkommissar das Heft zu. »Weil unser Essen nicht quadratisch ist, sondern immer rund oder oval. Das passt doch gar nicht.«

»Bananen sind nicht quadratisch«, entgegnete ich amüsiert.

»Aber auch nicht eckig«, grinste er und legte das Heft wieder ins Regal. »Bei den Ermittlungen ist das so wie bei den Tellern, es gibt eine feste Form, nämlich Tatsachen oder Beweise. Wenn es nur Vermutungen sind, müssen die entweder ausgeräumt oder bewiesen werden, aber es geht wirklich nicht nach Gefühl.«

»Bertus, das verstehst du nicht.«

»Stimmt, die besondere Logik der Frauen habe ich noch nie verstanden.« Er erhob sich mit einem Lächeln. »Ich schaue noch bei Selma vorbei und nehme mir was Leckers mit nach Hause.«

»Ja, mach das.« Gedankenvoll schloss ich hinter ihm meine Bürotür. Ich wusste, dass Bertus recht hatte, aber ich konnte mir nicht helfen: An meiner Vermutung war bestimmt was Wahres dran.

Lustlos sah ich meine Post durch. Mein Steuerberater hatte mir noch ein Formular zugesendet, welches ich unterschreiben musste. Den langvermissten USB-Stick hatte die Büroangestellte mit säuerlicher Miene entgegengenommen.

Vielleicht könnte ich Bertus noch fragen, ob er nicht doch die Möglichkeit hatte, über Kollegenkontakte etwas über die Adoption zu erfahren.

»Er ist schon weg«, teilte mir Selma mit, als ich die Küche aufsuchte, »er hat zwei Probierstücke mitgenommen. Ich habe mir wieder etwas Neues ausgedacht.«

»Schade«, sagte ich enttäuscht, »ich wollte Bertus etwas fragen.«

Mit einem zufriedenen Lächeln hielt mir die Kuchenbäckerin einen Teller mit einem Stück Sahnetorte hin. »Versuch mal, das ist Sahne mit Sanddorn.«

Unter der Sahneschicht schimmerte eine orange Masse hervor. »Das ist ja schon rein optisch super.« Voller Vorfreude auf den kulinarischen Genuss stach ich mir mit einer Kuchengabel ein großes Stück ab. Die Sahne zerging im Mund, gefolgt von dem leicht herben Geschmack des Sanddorns.

»Herrlich«, seufzte ich, »da könnte ich mich reinknien.«

»Jetzt brauchen wir noch einen schönen Namen für die Torte«, überlegte Selma. »Nur Sanddorntorte finde ich jetzt zu langweilig.«

Ratlos sah ich sie an. »Mir fällt jetzt nichts Schönes ein. Dir?«

Selma verschränkte ihre kräftigen Arme. »Wie wäre es denn mit Hochzeitstorte?«

Ich muss ein ziemlich blödes Gesicht gemacht haben, denn sie fing lauthals an zu lachen. »Weißt du, wie ich auf die Idee gekommen bin?« Sie zeigte auf die Sahne und die orangefarbene Frucht. »Hier ist noch alles getrennt und wenn man das isst, kommt alles zusammen, wie bei einer Hochzeit.«

»Da muss man erst mal draufkommen«, lachte ich und aß den Rest des Tortenstücks. »Echt lecker.«

»Ja, und kalorienreich.«

»Weiß ich doch.« Genüsslich leckte ich noch die Kuchengabel ab. »Sag mal … Moment …« Ich zog Roswithas Liste aus meiner Hosentasche. »Kennst du einen Onno Brinkmann?«

»Onno Brinkmann«, murmelte sie. »Meinst du Onno von dem Souvenirladen hinter dem Rathaus?«

Ich zuckte mit den Schultern. »Keine Ahnung, ob das dieser Onno ist. Er steht auf der Liste der Geburtstagsgäste von Wilma Dirksen.«

»Bist du immer noch mit dem Kram zugange?«

»Du kennst mich doch, ich muss so lange weitermachen, bis ich was herausgefunden habe.«

»Emely, wo soll das noch enden?« Sie kippte Mehl in eine Backschüssel und wog Zucker ab.

»Und was weißt du über Onno?«

»Der hat mal ein Preisausschreiben gewonnen, eine Reise nach New York und er ist geschieden. Seine Olle war so eine ganz etepetete Dame. Ich weiß noch, dass sie einmal hier in einem Hotel so eine Modenschau durchgeführt hat.« Selma tippte sich an den Kopf. »Da waren Klamotten dabei, die würde ich nicht mal nachts im Bett anziehen. Davon abgesehen waren das nur Sachen für Besenstiele.«

»Jetzt, wo du es sagst, kann ich mich daran erinnern.« Damals war ich auch bei diesem Event. Am Ende war ich total betrübt nach Hause gegangen, weil die ganzen Modelle für mich sowieso nicht geeignet waren. Ich benötige eben robuste, alltägliche Kleidung und nicht so einen Firlefanz mit Rüschen und Bändern, die beim Gehen wippten.

»Und was macht Onno Brinkmann jetzt?«, hakte ich nach. »Hat der immer noch den Geschenkeladen?«

Selma nickte. »Ich denke schon. Wir hatten mal Besuch von Fridjofs Cousine, die ist bald ausgeflippt in dem Geschäft. Unter lauten Begeisterungsrufen hat sie jeden Leuchtturm und Seehund in die Hand genommen. Onno hat an diesem Tag gut an ihr verdient.«

»Ob du es glaubst oder nicht, ich war noch nie drin, obwohl ich da oft vorbeigehe.«

Süffisant grinsend gab Selma etwas Milch in den Teig. »Ich wette mit dir, dass du diesen Laden bald aufsuchen wirst.«

»Die Wette nehme ich lieber nicht an«, sagte ich vorsichtshalber.

Am Nachmittag erschien Johanne Bokhoff in Begleitung ihrer Tante Mia, die sie in einem Rollstuhl vor sich herschob.

»Das ist ja ein seltener Besuch«, begrüßte ich die beiden Frauen. »Das ist ja wirklich nett.«

»Ja, Tante Mia wollte unbedingt dein Café sehen, nachdem du neulich bei uns warst. Sie hat mir später auch die Geschichte mit dem schwangeren jungen Mädchen erzählt.«

Ich lotste sie an einen Fenstertisch, stellte einen der beiden Stühle zur Seite, damit Johanne den Rollstuhl ihrer Tante an den Tisch schieben konnte.

»Was kann ich euch bringen?«

»Am besten für jeden ein Stück Ostfriesentorte und Tee, aber auf dem Stövchen. Tante Mia mag nur den echten Ostfriesentee. Und vielleicht hast du anschließend noch einen Moment Zeit.«

»Gerne.« Rasch brachte ich Torte und Tee an den Tisch, sprach kurz mit Leevke und setzte mich zu ihnen.

»Weißt du Emely, Tante Mia war nach deinem Besuch sehr unsicher, ob es richtig war, das alles zu erzählen.«

Tante Mia nickte. »Immerhin lässt mein Gedächtnis schon ordentlich nach. Es wäre ja auch möglich, dass ich mich geirrt habe, was meine damalige Beobachtung angeht.«

»Das haben Sie nicht«, beruhigte ich die alte Dame. »Ich habe inzwischen mit jemandem gesprochen, der bestätigt hat, dass Gudrun van Gerpen ein Kind bekommen hat.«

Johannes Kopf schnellte vor. »Und wer war das? Jemand aus der Familie?«

Bedauernd schüttelte ich den Kopf. »Das möchte ich lieber nicht sagen, diese Information war sicher nicht für die Öffentlichkeit bestimmt. Ich habe das auch nur erwähnt, weil ich nicht wollte, dass deine Tante denkt, sie hätte alles falsch gemacht.«

Tante Mia hatte uns gar nicht zugehört, sondern sich eingehend mit dem Tee und der Teesahne beschäftigt.

»Ich wette, Wilma wusste davon«, behauptete Johanne.

»Wie kommst du denn darauf?« Natürlich wusste Gudruns Schwester davon, schließlich hatte sie geholfen, das Kind zur Welt zu bringen, aber das behielt ich lieber für mich.

»Weil Wilma immer alles gewusst hat, was in der Familie van Gerpen vor sich gegangen ist.«

»Seit wann kennst du Wilma überhaupt?«

Johanne überlegte kurz. »Wir waren als Jugendliche zusammen im Turnverein. Später hat sie geheiratet und mit ihrem Mann in Wilhelmshaven gewohnt.« Sie nahm einen Bissen Torte und ließ alles langsam im Mund zergehen. »Irgendwann habe ich sie getroffen«, fuhr sie dann fort, »sie hatte inzwischen eine Tochter bekommen. Ich weiß noch, wie sie mir auf der Strandpromenade mit dem Kinderwagen entgegenkam. Da erzählte sie mir, dass sie wieder nach Neuharlingersiel gezogen sei.« Sie schwieg kurz. »Den Rest mit unseren Urlauben kennst du ja.«

Eine Gruppe Touristen betrat das Café. Leevke platzierte die neuen Gäste und winkte mir kurz zu. »Ihr müsst mich entschuldigen, die Arbeit ruft.«

»War nett, mit dir zu plaudern«, lächelte Johanne, Tante Mia blickte nur kurz auf und wandte sich wieder ihrem Tortenstück zu.

Die Leute schienen nahezu ausgehungert zu sein. Leevke und ich servierten jede Menge Torten und Getränke.

Am Ende bedankte ich mich bei ihnen mit einer Runde Sanddornlikör.

27

»Stimmt das?«, rief Roswitha am nächsten Tag ins Telefon. »Tom hat mir heute Morgen von eurem Besuch bei Jasper erzählt.«

»Ja, endlich ist er mit der Sprache herausgerückt.«

»Tom ist total durch den Wind. Er sagt, das müsse er erst mal verdauen.«

»Das kann ich mir vorstellen, immerhin hat seine Mutter jahrelang daran geknabbert.«

»Früher war das ja auch unschicklich, um nicht zu sagen verwerflich, wenn man ohne Trauschein ein Baby bekam. Heutzutage nehmen die ja ihre Kinder mit zum Standesamt.« Sie seufzte. »So hat sich die Welt verändert.«

»Da gebe ich dir recht.«

»Übrigens, warst du schon bei Onno im Laden?«

»Das wollte ich heute Nachmittag machen.«

»Versprich dir nicht zu viel davon«, meinte Roswitha, »der ist so maulfaul, ein Goldfisch ist gegen den eine Plaudertasche.« Sie lachte schallend. »Ich muss los. Du musst mir aber alles erzählen.«

Teelse war gerade dabei, alle Bücher durchzusehen. »Damit nicht wieder so ein Schweinkrambuch dazwischen ist. Ich möchte nur wissen, wie die Dinger da reinkommen.«

»Entweder jemand lässt die einfach hier zurück und schiebt sie ins Regal, aber es kann auch sein, dass ich zu schlampig war.«

»Du?« Sie sah mich verständnislos an. »Was hast du denn damit zu tun.«

»Zweimal hat mir jemand eine Bücherkiste vor die Tür gestellt. Ich habe zwar den Inhalt kurz kontrolliert, aber nicht immer sieht man auf den ersten Blick den anzüglichen Inhalt.«

Die Putzfee nickte. »Deshalb gucke ich lieber noch mal nach, nicht dass am Ende noch einer denkt, das wäre unser Geschmack.«

Am späten Vormittag stürmte Elaine herein. Sie hatte doch tatsächlich was mit dem jungen Doktor angefangen, obwohl der gar nicht so jung war, wie sie zuerst vermutet hatte.

»Alfonso ist auch schon Ende vierzig, obwohl man ihm das nicht unbedingt ansieht. Er wirkt erstaunlich jung.«

»Genau das finde ich so ungerecht«, stimmte ich ihr zu, »Männer werden im Alter meist sogar noch attraktiver. Aber viele haben dann doch später eine Wampe.«

Elaine lachte. »Das ist dann die männliche Problemzone.«

»Wieso heißt er denn Alfonso? Ist er Spanier?« Ich wusste, dass sie auf Typen stand, die sich ein wenig aus der Masse der Menschheit heraushoben.

Elaine kicherte. »Dachte ich auch zuerst, aber er gestand mir, dass seine Mutter während der Schwangerschaft ein Buch gelesen hatte, in dem ein Alfonso der ungeschlagene Held war.«

Lang und breit legte sie mir die Vorzüge ihrer neuen Eroberung dar und brach schließlich unvermittelt auf.

Am Nachmittag machte ich mich ohne große Vorbereitung oder Erwartung auf den Weg zu *Brinkmanns Souvenirladen*. Das Geschäft lag eingezwängt zwischen zwei großen Gebäuden. Schon durch das schmale Schaufenster sah ich, dass die Regale übervoll waren, alleine in der Auslage zählte ich zweiundzwanzig Leuchttürme. Der Pilsumer Leuchtturm wurde in zehn verschiedenen Ausführungen angeboten.

Eine altmodische Türklingel kündigte mich als Kundin an. Es waren noch zwei Personen im Laden, von denen einer Onno Brinkmann sein musste. Er stand hinter dem Tresen und sprach mit dem zweiten Mann. Etwas ratlos sah ich mich um. Ich hatte keine Ahnung, wie ich, ohne zu aufdringlich zu wirken, nach Wilma und ihrer Familie fragen konnte. Immerhin war ich diesem Geschäftsinhaber total fremd.

Brinkmann zeigte dem Kunden ein paar Exemplare Ostfrieslandaufkleber. Zwischendurch musste er sich immer mal wieder abwenden, weil ihn ein Hustenanfall quälte.

»Schauen Sie sich nur um«, bat er mich zwischen zwei Anfällen. Ich nickte kurz und er wandte sich wieder seinem Kunden zu.

Nach einer gefühlten Ewigkeit hatte der sich endlich zum Kauf entschlossen. Brinkmann tippte den Betrag in die Kasse und wickelte den Kauf ab. In diesem Moment erschütterte ein weiterer Hustenanfall den Geschäftsmann.

Der Kunde fing den schwankenden Mann auf und ließ ihn sanft zu Boden gleiten.

»Sollen wir einen Arzt holen?«, fragte ich. Besorgt bückten wir uns zu Brinkmann runter, der hörbar nach Luft rang.

Er schüttelte entschlossen den Kopf und murmelte etwas. »Haben Sie etwas verstanden?«, fragte ich den Mann, der ebenfalls neben Brinkmann kniete.

»Er benötigt sein Asthmaspray.«

»Ja, hinten im Büro, auf dem Schreibtisch«, stöhnte Brinkmann jetzt laut und deutlich und klopfte sich auf die Brust.

»Laufen Sie doch!« Die Stimme des Kunden klang leicht panisch.

So schnell ich konnte, rannte ich den langen schmalen Flur entlang und riss eine Tür mit der Aufschrift *Büro* auf. Überall Regale mit Aktenordnern, eine Jacke hing über der Stuhllehne. Über einem Büroschrank sah ich ein paar gerahmte Fotos. Mein Blick streifte darüber und mir wurde heiß und kalt. Das war doch nicht möglich. Aber vielleicht hatte ich mich auch geirrt. Mit dem Spray in der Hand rannte ich wieder nach vorne. Ein kurzer Stoß aus der kleinen Flasche und dem Mann ging es sofort besser.

»Ich glaube, Sie sollten sich hinlegen«, schlug ich vor, »ich kann auch gerne einen Arzt rufen.«

»Nein, lassen Sie das bitte. Ich schließe jetzt ab und dann ist es gut.«

Der Kunde nahm seine Einkäufe und öffnete die Tür. »Ich lasse Sie jetzt alleine, leider muss ich los. Sie kümmern sich?«

»Ja, mache ich, gehen Sie ruhig«, versprach ich. Ohne sich noch einmal umzudrehen, verließ er den Laden und lief eilig davon.

Brinkmann saß jetzt aufrecht am Verkaufsregal. »Danke für die Hilfe«, murmelte er, »normalerweise habe ich das Spray in der Tasche. Ich bin ein wenig erkältet, deshalb war das jetzt so heftig.«

»Kommen Sie.« Ich zog ihn hoch und stützte ihn. »Ich bringe Sie nach hinten.«

Dankbar nickte er. Im Büro schob ich ihn in den abgeschabten Ledersessel, der neben dem Schreibtisch stand. Sein Gesicht war wieder rosig und er lächelte.

»Ich bin froh, dass es Ihnen wieder besser geht«, freute ich mich und nahm auf dem Stuhl vor dem Schreibtisch Platz. Mit einem kurzen Blick auf die Fotos an der Wand stellte ich fest, dass ich mich keineswegs geirrt hatte.

»Herr Brinkmann, mein Name ist Emely Petersen. Ich bin die Inhaberin des Café Kluntje am Hafen. Kann ich Sie etwas fragen?«

Er wischte mit der Hand über seine Hose. »Ich sollte mal putzen, alles voller Staub.« Prüfend sah er sich um. »Da müsste auch mal entrümpelt werden, aber normalerweise kommt hier kein Außenstehender herein.«

»In diesem Fall war es ja eine Notsituation.«

»Ja«, nickte er, »das ließ sich ja nicht vermeiden.«

Umständlich räusperte ich mich. »Sie müssen entschuldigen, aber ich möchte Sie etwas fragen.«

»Nur zu, fragen Sie.«

Ich deutete auf zwei kleinere Fotos an der Bilderwand. »Hier oben links die beiden Porträtfotos …?«

»Ja, was ist damit?« Sein Kopf schnellte hoch.

»Ich weiß, dass Sie mit dem Ehepaar Dirksen befreundet sind, aber wieso haben Sie Fotos von Gudrun und Maren van Gerpen hier aufgehängt?«

Ruckartig richtete er sich auf. »Kannten Sie Gudrun?«

»Nein, nicht persönlich, aber Maren kenne ich.«

»Sie sind der erste Mensch, der nach langer Zeit mir gegenüber Gudrun erwähnt.« Sein Gesicht bekam einen grübelnden Ausdruck. Seine Hände krallten sich an seinen Hosenbeinen fest. Er schien mit sich zu hadern. Wortlos sah ich zu, wie er ab und zu die Fotos betrachtete, um dann wiederum ins Leere zu starren.

»Herr Brinkmann, alles in Ordnung?«

Zögerlich nickte er. »Vielleicht ist es an der Zeit, darüber zu sprechen. Mir ist es jetzt auch egal, wenn andere davon wissen.«

»Was ist denn damals passiert?«

Brinkmann atmete ein paarmal tief durch. »Gudrun war von heute auf morgen verschwunden.«

»Ja, das hat mir Jasper van Gerpen erzählt.«

»Aber Ihnen ist sicherlich nicht bekannt, dass Maren meine Tochter ist. Oder wussten Sie das auch?«

Ich konnte nur den Kopf schütteln. »Sie und Wilma?«

»Nein, nein … Wilma ist die Tante. Gudrun ist Marens Mutter.«

Vor lauter Schreck sprang ich auf und wischte dabei mit meinem Arm einen Stapel Papiere vom Schreibtisch des Souvenirhändlers.

28

Jetzt war es an Brinkmann, mich zu fragen, ob ich in Ordnung sei. Seine Offenbarung, dass er der Vater von Gudruns Kind war – nämlich Maren –, hatte mich total umgehauen.

Er lehnte jetzt entspannt im Sessel. Scheinbar froh, dass er jemandem gegenübersaß, der sich für seine Geschichte interessierte.

»Konnten Sie damals nicht zu Gudrun und dem Kind stehen?«, wollte ich von ihm wissen. Er machte auf mich einen doch sehr verantwortungsvollen Eindruck.

»Hätte ich sehr gerne«, berichtete er, »aber Gudruns Eltern haben mir gedroht, mich anzuzeigen und mich vor der Öffentlichkeit bloßzustellen. Immerhin wurde man ja früher erst mit einundzwanzig volljährig.«

»Konnten Gudruns Eltern so einen Druck auf Sie ausuben?«

Er zuckte mit den Schultern. »Ich war mal gerade Anfang zwanzig und noch grün hinter den Ohren. Außerdem wollte ich das meinen Eltern nicht antun, es war mir somit ganz recht, dass alles im Verborgenen blieb. Wissen Sie, die Moral war ja zu dieser Zeit eine ganz andere.«

»Somit haben Sie sich zurückgezogen?«

Er nickte. »Mir blieb nichts anderes übrig. Gudruns Eltern hatten alles in die Wege geleitet. Gudrun hat mich auch darum gebeten, mich zurückzuhalten. *Es ist besser so*, hat sie zu mir gesagt, *für unsere Tochter ist bestens besorgt.*«

»Und dann hat Wilma das Neugeborene zu sich genommen und später als ihre Tochter ausgegeben?«

»Genauso war es. Gernot und Wilma haben sich gut um meine Tochter gekümmert. Ich war ein gern gesehener Gast im Hause Dirksen und konnte so hautnah am Leben meiner Tochter teilnehmen.«

»Und Gudrun? Hatten Sie mit ihr weiterhin Kontakt?«

»Nein, bedauerlicherweise nicht. Alles, was ich wusste, war, dass sie drüben geheiratet und noch einen Sohn bekommen hat.«

Schwerfällig stand er auf, öffnete eine Schublade und nahm eine Flasche Kräuterschnaps und zwei kleine Gläschen hervor. »Sie auch einen?«

»Nein, lieber nicht.«

Ich beobachtete ihn, wie seine Hände zitterten. War es die Aufregung oder hatte er ein Problem mit dem Alkohol?

Er warf den Kopf in den Nacken und leerte das Gläschen, welches er sofort wieder füllte. Vorsichtig stellte er es neben seinen Sessel und setzte sich wieder.

»Meine verstorbene Frau wusste nichts davon und ich sah es auch nicht als notwendig an, ihr die Geschichte aus meiner Vergangenheit zu erzählen.«

»Haben Sie mit Wilma und Gernot darüber gesprochen?«

»Nein, niemals, es war so, als ob wir alle ein Schweigegelübde abgelegt hätten. Aber Frau Petersen, glauben Sie mir, ich war zufrieden damit, dass ich Maren immer sehen konnte, wann ich wollte. Es gab also keinen Grund, das alles irgendjemandem zu erzählen.«

»Bis heute, jetzt erzählen Sie es *mir*.« Ich wunderte mich wirklich, denn er kannte mich ja überhaupt nicht.

»Vielleicht liegt es an meinem heftigen Anfall vorhin. Ich dachte, ich müsste ersticken. So schlimm war es noch nie, und dann Ihre Frage … Jetzt erscheint mir meine Offenheit folgerichtig zu sein. Auch, weil Wilma nun tot ist.«

»Und Maren, weiß Sie, dass Sie Ihr Vater sind?«

»Ja, aber erst seit einigen Wochen. Eines Tages kam sie in den Laden und hielt mir wortlos ein Dokument hin. Es war ein behördliches Schreiben bezüglich einer Adoption.«

»Woher wusste Maren überhaupt, dass Gernot und Wilma nicht ihre leiblichen Eltern waren?«

In diesem Moment schoss mir ein Gedanke durch

den Kopf. Konnte es sein, dass Brinkmann dafür gesorgt hat, dass Wilma gestorben ist? Vielleicht hatte sie ihm nicht gestattet, dass er sich seiner Tochter offenbart? Er ist wütend geworden und dann hatte er die Insulindosis verstellt. Gelegenheit hatte er ja dazu.

Brinkmann atmete tief durch. »Genau das habe ich Maren gefragt, als sie mich aufgesucht hatte. Sie gab mir lediglich zur Antwort, dass sie es nur durch Zufall erfahren hatte und ihre Mutter – ihre Adoptivmutter – zur Rede gestellt hat.«

»Und die hat ihr dann erst gesagt, wer ihr Vater ist?«

»So oder so ähnlich muss es wohl gewesen sein.« Er trank den zweiten Kräuterschnaps. »Nach Wilmas Tod habe ich versucht, mit Gernot darüber zu reden, aber der mauert. Ich bekomme nichts aus ihm heraus.«

Sofort fiel mir wieder Gernots Satz ein. Hatte er die Ungleichbehandlung der beiden Töchter von Wilma darauf zurückgeführt, dass Maren eigentlich ein fremdes Kind war und Wilma mehr an ihrer leiblichen Tochter hing?

Brinkmanns Gesicht wurde ganz blass. »Wenn es Ihnen nichts ausmacht, wäre ich jetzt gerne alleine.«

»Selbstverständlich, ich muss sowieso los«, beeilte ich mich zu sagen. »Kann ich jemanden für Sie anrufen?«

»Nein, nicht nötig. Meine Wohnung ist hier im Haus.« Er fuhr sich mit beiden Händen über das

Gesicht. »Ich muss nachdenken.«

Ich verabschiedete mich und verließ den Laden. Auch ich musste nachdenken, denn jetzt war ich felsenfest davon überzeugt, dass Wilmas Tod etwas mit Marens Herkunft zu tun hatte.

Noch am gleichen Abend rief ich Bertus an und erzählte ihm von Brinkmann.

»Das ist allerdings bemerkenswert«, stellte er daraufhin fest, »und wie sollen die beiden Ereignisse zusammenhängen?«

»Gute Frage, aber ich bin mir ganz sicher.«

»Ja, ich weiß, du hast so ein Gefühl.« Ich hörte an seiner Stimme, dass er jetzt grinste. »Aber mal im Ernst, glaubst du, Brinkmann war sauer auf Wilma, weil sie ihm nicht gestattet hat, auch in der Öffentlichkeit als Marens Vater aufzutreten? Schließlich wusste die Tochter ja später Bescheid.«

»Ich weiß es nicht«, seufzte ich. »Wer weiß, wer davon noch gewusst hat? Im Grunde genommen stehen wir wieder da, wo wir am Anfang standen, zumindest was den Mord betrifft. Viele hatten eine Gelegenheit und einige sicherlich auch Gründe für das Verbrechen.«

Jetzt war ich mir wieder unsicher, ob die Adoption des Mädchens wirklich etwas mit Wilma Dirksens Tod zu tun hatte. Ich musste unbedingt gründlich darüber nachdenken.

29

»Hattest du inzwischen mal Kontakt mit Maren?«, fragte ich Tom zwei Tage später. Ich hatte bis dahin die Zeit mit alltäglichen Dingen verbracht, hatte Annalotta zu einem Zahnarzttermin nach Wittmund gefahren, für Netti ein neues Dampfbügeleisen besorgt und im Café die Bücherregale noch einmal durchgesehen und aussortiert.

Nach längeren Grübeleien und Abwägung der Fakten war ich zum Hotel Deichhuske gefahren und hatte an der Rezeption nach Tom gefragt. Er schien erfreut, mich zu sehen, und schlug vor, ins Hotelrestaurant zu gehen und dort Kaffee zu trinken. »Dann unterhält sich das besser.«

Dort angekommen, fing er dann auch direkt an zu erzählen. »Ja, ich habe tatsächlich Kontakt mit Maren gehabt. Wir haben uns zweimal getroffen und uns über unsere gemeinsame Familie ausgetauscht. Immerhin ist sie ja meine Cousine.«

»Hat sie irgendetwas Besonderes erzählt?«

Er schüttelte den Kopf. »Nein, was meinst du genau damit?«

»Maren ist deine Halbschwester. Sie ist Gudruns Tochter.«

»Waas?«, rief er ziemlich laut aus und sah sich erschrocken um. Einige andere Gäste sahen missbilligend zu uns herüber. »Das ist doch Unsinn«, flüsterte er. »Maren ist doch Wilmas Tochter und somit meine Cousine.«

»Eben nicht. Es war mehr ein Zufall oder eine Fügung des Schicksals, dass ich vorgestern bei Onno Brinkmann war«, klärte ich Tom auf. »In seinem Büro hingen Fotos von deiner Mutter und Maren. Er hat mir viel erzählt, aber am Ende hat er zugegeben, dass er der Vater von Gudruns Kind ist. Und das ist Maren und sie weiß alles.«

»Und Gernot und Wilma haben sie dann adoptiert?« Tom wirkte immer noch fassungslos.

Ich nickte. »So ist es, aber jetzt würde ich mich gerne noch mit Maren unterhalten, um die ganze Geschichte abzurunden.«

»Kannst du doch. Sie weiß sicherlich darüber Bescheid, oder?«

»Ja, sie hat ihren leiblichen Vater mal aufgesucht, also weiß sie es. Ich muss zugeben, dass ich neugierig bin und wissen möchte, wie sie das herausgefunden hat.«

»Vielleicht haben ihre Eltern ihr das erzählt?«

»Aber warum erst jetzt? Maren ist Ende vierzig, da wäre doch Zeit genug gewesen.«

Im Restaurant war ein wenig Unruhe entstanden. Ein Paar mit Hund hatte den Raum betreten, worauf ein anderer Hund, der bisher entspannt unter einem der Tische gelegen hatte, aufsprang und sein Artgenosse den Gegner ebenfalls laut kläffend in die Flucht schlagen wollte. Es dauerte eine Weile, bis die jeweiligen Hundebesitzer ihre Lieblinge besänftigt hatten und wieder Ruhe einkehrte.

»Jetzt will ich aber auch wissen, wie das alles gelaufen ist«, meinte Tom und holte sein Telefon hervor. »Ich rufe jetzt Maren an und sage ihr Bescheid, dass wir kommen.« Er verließ das Restaurant.

Eines der Paare, welches mit seinem Hund zuletzt das Restaurant betreten hatte, verließ unter lautem Schimpfen das Lokal. Der Kellner stand hilflos an der Tür und sah den Flüchtenden nach.

»So, wir können«, teilte mir Tom mit, als er zurückkam. »Maren ist bei ihrem Vater. Wir sollen einfach dahin kommen.«

Ich war heilfroh, dass Tom das so geregelt hatte, denn das bot mir die Gelegenheit, die Familie Dirksen zwanglos zu besuchen.

Maren öffnete uns die Tür. »Kommt rein, mein Vater ist im Garten.«

Es war mir klar, dass sie Gernot meinte. Sie führte uns in die Küche. »Tee?«

Tom und ich nickten.

Maren bereitete den Tee zu, deckte den Tisch und

sah aus dem Fenster. »Er reißt alle Rosenstöcke raus«, murmelte sie, »das kommt von dem ganzen Ärger.«

»Oder es ist die Trauer um seine verstorbene Frau«, mutmaßte Tom.

Maren setzte sich und füllte unsere Tassen. »Kann sein. Er ist seit dem Vorfall mit meiner Mutter … die Sache mit dem Insulinpen … er ist störrisch und verbittert. Ich mache mir Sorgen um ihn.«

»Und deine Schwester?«, fragte Tom nach. »Kümmert die sich auch um euren Vater?«

Maren stieß einen unwirschen Laut aus. »Die Ziege hat anderes zu tun.«

Der junge Amerikaner legte seine Hand auf die Marens. »Emely hat mit Onno Brinkmann gesprochen, wir wissen, dass er dein Vater ist und wir beide Halbgeschwister sind.«

Maren wurde leichenblass. »Ihr wisst davon?«, stotterte sie und legte eine Hand auf ihre Brust. »Ich habe gedacht, niemand wisse es.«

Wir nickten beiden gleichzeitig.

»Emely, erzähl ihr von Jaspers Erzählung und deinem Besuch bei Brinkmann«, bat mich Tom.

»Also, es war so. Erst hat Jesper gesagt, er wüsste von nichts, aber dann wurde er auf einmal gesprächiger«, begann ich und erzählte alles, was ich wusste.

Maren hörte sich die ganze Geschichte an, ohne auch nur eine Miene zu verziehen.

»Bis vor ein paar Wochen war ich total arglos«,

gestand sie uns, als ich geendet hatte, und schob das Schälchen mit den Kluntje hin und her. »Ich dachte, es zieht mir den Boden unter den Füßen weg, als ich davon erfahren habe.«

»Das kann ich mir gut vorstellen.« Sie tat mir leid. »So etwas stellt ja die ganze Existenz infrage.«

»Ja, wirklich schlimm«, bedauerte auch Tom. »Aber woher wusstest du, dass Wilma nicht deine leibliche Mutter ist?«

Maren zögerte kurz. »Ich habe Papiere gefunden. Meine Mutter hatte mich gebeten, vom Speicher Opas alte Leselampe runterzuholen. Ich war das letzte Mal als Kind auf dem Dachboden. Darum fing ich an, alle Schubladen und Schränke aufzumachen, um zu sehen, was sich darin befindet.«

Spontan dachte ich an den Speicher meiner Oma. Alles, was im Haus im Wege stand, wurde dort verwahrt, mit dem Hintergedanken, dass man das eine oder andere irgendwann noch gebrauchen könnte. »Und da haben Sie was gefunden?«

»Ja, es war eine braune Ledermappe, da war ein Wappen vorne drauf. Deshalb hat mich das so neugierig gemacht.«

»Und was war drin?«, hakte Tom nach.

»Ich fand zwei verschiedene Geburtsurkunden mit unterschiedlichen Namen. Einmal Tineke van Gerpen, als Mutter war Gudrun van Gerpen eingetragen und in der Zeile, wo normalerweise der Vater steht, stand nur *unbekannt*. Auf der anderen Urkunde standen mein Name und die Namen meiner Eltern. Aber das Gewicht und die Größe waren identisch. Ich ahnte sofort, dass da was nicht stimmte, denn in unserer Familie gab es keine Tineke. Wochenlang habe ich weitergesucht, immer wenn meine Eltern weg waren. Schließlich habe ich sie gefunden, die Adoptionsurkunde und habe dadurch erfahren, dass Gudrun meine Mutter war.«

»Aber niemand wusste, wer Ihr Vater ist?«, stellte ich fest. »Gudrun hatte es ja niemandem gesagt.«

Marens Gesicht bekam einen wütenden Ausdruck. »Doch, Wilma wusste es, aber das würde sie lieber für sich behalten, sagte sie. An diesem Tag hat sie mir alles wütend ins Gesicht geschleudert, das war so voller Abscheu. ›*Deine Mutter hätte dich nie großziehen können*‹, hat sie gefaucht. Sie hätten nach meiner Geburt als Familie beschlossen, dass ich bei Wilma und Gernot in geordneten Verhältnissen aufwachsen sollte. Meine Mutter hätte ja das Weite gesucht und wäre bei Nacht und Nebel ab nach Amerika.«

»Das hat sie gesagt?« Tom war fassungslos.

»Ja, genauso hat sie das von sich gegeben und mich dabei so voller Verachtung angesehen.« Jetzt versagte ihr die Stimme. »Das war echt schlimm. Sie hat … sie hat Franzi immer bevorzugt, jetzt wusste ich auch warum.«

»Das tat bestimmt weh und Sie waren sicher sehr eifersüchtig«, vermutete ich.

Ihr Nicken bestätigte das. Mit ihrem Jackenärmel wischte sie sich über ihre Augen. »Wir haben viel gestritten«, schluchzte Maren, »und ich habe ihr schrecklich viele Vorwürfe gemacht. Warum hat sie mir das nicht früher gesagt? Ich hätte meine Mutter ja noch kennenlernen können. Wer mein Vater war, hatte sie mir nicht gesagt, obwohl ich ein paarmal nachgefragt habe. Wenigstens hatte ich ja jetzt immer noch die Möglichkeit, mit meinem leiblichen Vater zu reden, aber sie ist nicht mit dem Namen herausgerückt, obwohl …« Sie stockte und sah zur Tür.

Gernot hatte die Küche betreten. »Moin«, brummte er und schleuderte seine Gartenschuhe in die Ecke. Gründlich wusch er sich an der Spüle die Hände. Er schien die letzten Worte Marens mitbekommen zu haben.

»Ich habe ihr gesagt, wer ihr Vater ist und sie zu Onno geschickt«, teilte er uns ungerührt mit. »Die ganze Geheimniskrämerei konnte nicht gut ausgehen, wir haben ja gesehen, wo das hingeführt hat.«

Was genau meint er damit?, überlegte ich fieberhaft. War es der unnatürliche Tod seiner Frau? War Maren so aufgebracht und wütend auf Wilma gewesen, dass sie an dem Insulinpen gedreht hatte?

Tom schien den gleichen Gedanken zu haben. Entsetzt riss er seine Augen auf. »Maren, du hast doch nicht etwa …«

Er ließ den Satz unvollendet, aber jeder im Raum, wusste, was er meinte.

»Aber wieso ich?«, stotterte Maren und sah uns entgeistert an. »Um Gottes willen, das war ich nicht. Glaubt ihr etwa, ich hätte …«

Gernot Dirksen warf das Küchenhandtuch, mit dem er sich seine Hände abgetrocknet hatte, auf die Spüle und setzte sich an den Tisch. »Nein, Maren hat damit nichts zu tun. Ich bin für den Tod meiner Frau verantwortlich, sonst niemand.«

30

Nach einer Schrecksekunde redeten wir alle durcheinander. Maren war aufgesprungen und hatte Gernot umarmt. Er nahm ihre Hände und bat sie, sich wieder hinzusetzen. Widerwillig kam sie der Bitte nach.

Tom war der Erste, der die richtigen Worte fand. »Kann es sein, dass wir alle etwas total Falsches denken? Haben wir uns verhört?«

»Ja, Papa, sag uns, dass du das nicht so gemeint hast«, bettelte Maren und schlang ihre Hände umeinander, als wolle sie noch ein Stoßgebet hinterherschicken.

Gernot Dirksen füllte die vor ihm stehende Teetasse, lehnte sich zurück und verzog keine Miene. »Ich wusste, dass es irgendwann herauskommt, da sage ich jetzt lieber gleich, was los ist. Ich habe am Abend der Geburtstagsfeier die Insulineinstellung verändert. Ich habe das ganz bewusst zu diesem Zeitpunkt gemacht, denn dann kamen ja viele Menschen in Betracht, die das hätten tun können. Das würde, so hoffte ich jedenfalls, jeglichen Verdacht von mir ablenken.«

Er hob die Tasse, nahm einen Schluck Tee und ließ

sich den Geschmack des aromatischen Getränks auf der Zunge zergehen.

»Das war übrigens nicht das erste Mal, dass ich da an dem kleinen Rädchen gedreht habe. Die Arzthelferin ist auf die Fehleinstellung aufmerksam geworden und hat das wieder richtig eingestellt.« Er lachte jetzt bitter auf. »Und dann hat sie mich, ausgerechnet mich gebeten, in Zukunft darauf zu achten, dass die Dosierung stimmt. Das hat schon etwas Makaberes. Findet ihr nicht?«

Maren nahm Gernots Hand. »Aber warum denn? Warum um Himmels willen hast du das gemacht?«

Gernot zuckte mit den Schultern. »Wie soll ich das erklären …? Es war gar nicht meine Absicht, sie zu töten. Wilma sollte sich nur mal ordentlich blamieren, wenn sie nicht mehr Herr ihrer Sinne war und alle rumkommandieren konnte. Sie war immer so hässlich zu Maren. Und überhaupt … Sie hat alle nur gedemütigt und schlechtgemacht. Wilma war auch damals diejenige, die dafür gesorgt hat, dass Gudrun ihr Kind nicht behalten konnte. Es war nicht schwer, ihre Eltern von der Notwendigkeit, das Kind an sie zu übergeben, zu überzeugen.«

»Aber wieso wollte sie das Kind unbedingt haben?«, fragte ich nach. »Sie war doch noch sehr jung.«

»Weil ihr die Ärzte gesagt haben, dass bei ihr rein medizinisch zwar alles in Ordnung sei, aber die Natur eben ihre eigenen Regeln hätte. Man riet ihr, lockerer zu werden und sich zu entspannen. Wilma, ungeduldig, wie sie schon immer war, hatte schon zwei Jahre umsonst gehofft, schwanger zu werden. Deshalb wollte sie das Neugeborene unbedingt für sich haben und es war ihr egal, was aus ihrer kleinen Schwester werden würde. Später musste ich sie erst überreden, dass Onno zu uns ins Haus kommen konnte, um Maren zu sehen.«

»Gudrun war ihr völlig egal?« Tom konnte kaum reden.

»Ja, da war sie ohne Gefühl, es zählte nur, dass sie endlich ein Kind hatte.«

»Das passt zu ihr«, murmelte Maren, »so war sie.«

Gernot hatte es sich bequem gemacht, es schien so, als säße er zu einem gemütlichen Klönschnack mit uns zusammen. »Wie sich später herausstellte, lag die Kinderlosigkeit an mir. Ich habe mich ohne Wilmas Wissen in Bremen untersuchen lassen.«

Es dauerte einen Moment, bis ich den Inhalt des letzten Satzes begriff. »Wie kann das denn sein? Schließlich wurde später doch Franzi geboren.«

»Was soll ich sagen?«, antwortete Gernot. »Ab und an gibt es eben doch mal ein Wunder … oder Franzi ist nicht von mir.«

»Das hätte man ja leicht feststellen können, oder?«, meinte ich.

»Wilma hat mich so oft belogen, da spielte das auch keine Rolle mehr.« Ein leichtes Lächeln huschte über sein Gesicht. »Ja, Franzi … Wilma war vernarrt in das Kind und Maren musste immer zurückstecken.«

Eines wollte ich noch wissen. »Wie sind Sie auf die Idee mit dem Insulinpen gekommen?«

»Ich hatte im Wartezimmer meines Internisten gelesen, dass es oft bei einem niedrigen Blutzuckerspiegel vorkommt, dass die Patienten ein bisschen durcheinander sind. Ich habe nicht gewusst, dass es solche Folgen haben konnte.«

Was sollte man da noch sagen? Wilma Dirksen hatte viel verbrannte Erde auf dieser Welt hinterlassen und viele Menschen unglücklich gemacht.

Maren saß wie versteinert auf ihrem Stuhl und grübelte, Tom sah zum Fenster. Gernot hingegen erhob sich und bereitete frischen Tee zu.

Leise ging ich in den Flur und rief Bertus an. Ich bat ihn, seine Kollegen in Wittmund zu informieren, dass Gernot Dirksen den Mord an seiner Frau gestanden hatte.

31

Maren besucht Gernot regelmäßig in der Justizvollzugsanstalt. Zu ihrem anderen Vater baute sie nach und nach eine Verbindung auf. Sie hatte Freude daran, ihm in seinem Geschäft zur Seite zu stehen und Zeit mit ihm zu verbringen.

Tom ist wieder nach Amerika zurückgekehrt. Er und Maren schreiben sich regelmäßig. Im nächsten Jahr möchte sie ihren Bruder drüben besuchen und hat Franzi gebeten, sie zu begleiten, denn auch ihre jüngere Schwester, das war Franzi immer noch für Maren, konnte ja nichts für den Kuddelmuddel, den ihre Mutter angerichtet hatte.

Jasper hatte endgültig beschlossen, seine Giftbude zu erweitern und im Vorfeld die angrenzende Scheune ausgemistet. Das alte Fahrrad seines Vaters sollte auf den Sperrmüll, wobei er sich aber überlegt hatte, dass die Metallteile sicherlich noch gewinnbringend zu verkaufen wären. Zu seiner Überraschung fand er im Hohlraum des Lenkers die seit Langem gesuchten Diamanten, die sein Vater wohl vor dem Zugriff Unbefugter dort versteckt hatte.

Elaines Alfonso war auch schon wieder Geschichte.

Das Paar hatte ein paar Tage auf Usedom verbracht. Dort musste sie mit Erstaunen feststellen, dass ihr Begleiter nur pflanzliche Nahrung zu sich nahm. Diese Tatsache war ihr in der Vergangenheit, da Liebe ja bekanntlich blind macht, total entgangen. Das Fass zum Überlaufen brachte aber sein fordernd vorgetragenes Ansinnen, sie möge sich doch auch in gleicher Weise ernähren, sozusagen als gemeinsame Grundlage für diese Beziehung. Elaine checkte noch am gleichen Tag aus dem Hotel aus und bezog in Heringsdorf ein Pensionszimmer.

Selma war ein wenig betrübt, dass die besten Abnehmer ihrer Brownies nicht mehr da waren. Sie benannte das Gebäck in *Lüttje Kook*, also ›kleiner Kuchen‹ um und die ehemaligen Brownies liefen weiterhin wie geschnitten Brot.

Ich für meinen Teil hatte mich in einem Fitnessstudio angemeldet. Das war allerdings schon vor drei Wochen. Zu meiner Entschuldigung muss ich sagen, dass ich gegen meinen inneren Schweinehund nicht ankam. Das Leben ist eben voller Überraschungen.

Moin liebe Leserinnen und Leser

Ich freue mich, dass Sie sich darauf eingelassen haben, Emely Petersen kennenzulernen. In ihr steckt viel von uns allen, die täglichen Herausforderungen, eine gewisse Bereitschaft am Leben seiner Mitmenschen teilzunehmen und die Genussfähigkeit an den kleinen Dingen des Alltags. Wenn Sie mehr über Emely Petersen lesen wollen:

„Tango, Torte und ein Mord“
„Kamillentee für eine Leiche“
„Operation Ananas“
„Tildas dicke Fische“
„Im Watt nix Neues“

Alle Bücher sind in sich abgeschlossen und können unabhängig voneinander gelesen werden.
Die Printbücher gibt es in jeder Buchhandlung und in jedem Onlineshop.
Das ebook erhalten Sie bei amazon.de.

In den doch recht stillen Stunden beim Schreiben an meinem Laptop (ich gucke zwischendurch mal aus dem Fenster und verfolge interessiert, wie mein Nachbar seine Müllsäcke an die Straße stellt), merke ich, dass ich doch hin und wieder eine Plaudertasche bin.

In meiner „*Post von der Küste*“ kann ich mich diesbezüglich sicherlich ausleben.

Wer also Interesse an meinem Newsletter hat, findet die Anmeldung dazu auf meiner Webseite:

https://www.ele-wolff.de/

Außerdem bin ich auf facebook oder Instagram zu finden.

Ansonsten bin ich irgendwo an der Küste Ostfrieslands unterwegs, wo ich stets Ausschau nach neuen Herausforderungen für Emely Petersen halte.

Ihre Ele Wolff

Autorin Ele Wolff

…über Liebe, Lust und Leichen
Krimis und andere Gemeinheiten…

Nach dreißig Berufsjahren als Krankenschwester, nach einem Umweg als Galeristin und Vermieterin von Ferienwohnungen auf der Insel Borkum, lebe ich heute in Leer/ Ostfriesland. Auch wenn ich keine waschechte Ostfriesin bin, (in Frankfurt/Main geboren) betrachte ich mich doch als Gesinnungsostfriesin und gebe mich ganz meinen kriminellen Energien hin. In Ostfriesland, hinter den Deichen, im Watt und auf den Inseln geschehen manche unheimlichen Dinge, von denen niemand etwas weiß.

Das ist genau die Umgebung, die die Fantasie anregt. In den Geschichten kann ich Gedanken ausleben, die man im wahren Leben nicht so leicht findet oder die unangebracht sind. Ich kann unliebsame Ehemänner oder Chefs entsorgen, reich durch Erbschaft werden oder einfach in einen anderen Erdteil flüchten. Und was besonders von Vorteil ist: Schreiben ist spannend und es macht nicht dick.

Weitere Bücher der Autorin

„Janneke Hoogestraat ermittelt" -Print & ebook Reihe:

1. Friesenhuus
2. Eisige Gier
3. Mörderischer Nebel
4. Die Toten von Spiekeroog
5. Greetsieler Mühlenmord
6. Mord mit Deichblick
7. Der Wattlooper von Harlesiel
8. Ebbe und Wut

„Henriette Honig ermittelt"- ebook Reihe:
1 Das tote Kind
2. Ostfriesisches Gift
3. Stummes Herz
4. Mörderisches Emden
5. Mordsplan
6. Nordseetod
7. Tod im Strandkorb
8. Spurlos in Ostfriesland
9. Fünf-Sterne-Mord
10. Küstenwut
11. Rysumer Fluch
12. Der Sanddornmörder

Weitere Bücher:
Bei Stina brennt noch Licht-ebook
Das Geheimnis von Hooksiel-ebook